夢外之悲

WUNSCHLOSES UNGLÜCK

PETER HANDKE

彼得・漢德克——著 彤雅立——譯

國內外書評讚譽——

「動人且美麗地被呈現出來……近乎完美。」

——理查德．洛克（Richard Locke）《紐約時報書評》

「《夢外之悲》是漢德克的傑作，簡要、凝鍊、神祕又詳盡地描繪了他的母親，而其中的歷史以及境遇，又將這層身分消抹了去。」

——J．S．馬庫斯《紐約書評》

「在《夢外之悲》中，作者在一個引人入勝的故事中面對了他自殺的母親，就像是對一個反覆發生的夢作解釋一樣，夢境栩栩如生，以至於那夢也變成我們的。」

——《芝加哥太陽時報》

「儘管這本書談的是漢德克母親的一生，然而這也是眾多女性的一生。漢德克這部著作雖不長，卻雄心勃勃，試圖將所有角度合一，經常參雜憂鬱。漢德克的母親之所以重要，並不是因為她生動、特別，而是正好相反；她是那眾多女性的其中一員。」

——《紐約時報》

「……沒有人能夠質疑諾貝爾文學獎貨真價實的讚美，作為一個作家，漢德克『憑藉著語言的獨創性探索了邊境，以及人類經驗的特殊性』，他的作品給予了文學無聲的考驗，在他的語言底下，過往的文學都顯得太過平凡了。」

——《金融時報》

「預示了厭世代之必然，無法界定那究竟是焦慮恐懼還是悲傷」

——郭強生（作家）

「這是我們祖父母、父母都會經歷的潰敗，也許漢德克和我們都難免。」

——廖偉棠（作家）

導讀

生無例外、死無餘哀

廖偉棠

二〇一九年，漢德克「憑藉著語言的獨創性探索了邊境，以及人類經驗的特殊性」獲得諾貝爾文學獎。然而，作為他的早期作品，被他自詡為最成功的小說的《夢外之悲》卻與這個授獎詞看起來相反，這是一部刻意抹殺語言的「文學」性，然後去書寫人類經驗的普遍性的作品。

在其中，人生的困窘被相稱的瑣碎言語素描下來，最後凝結成一幅凱綏·珂勒惠支（Käthe Kollwitz）的版畫：在充滿了黯淡劃痕的石板上掙扎的母親。

「我們躺倒睡去
一隻手壓在腦袋下面
另一隻手伸向一堆星球之中

我們的雙腳遺棄了我們
用它們細小的根筋
體驗著大地
在下一個早晨
我們痛苦地將其拔出」

——也許波蘭詩人齊別根紐・赫伯特（Zbigniew Herbert）的這首詩〈我想描述〉更適用於描述《夢外之悲》裡面的漢德克母親，前半段是年輕時短暫閃爍過的母親，後半段則是大半生淪陷於貧困與非個性化的社會裡的她。英文版書名「夢外之悲」—A Sorrow Beyond Dreams 它還有一個副標：A Life Story，後者是反諷：你所認為的人生充滿的「故事」，不過是在幻夢之外的一聲嘆息。

漢德克在一九七二年的這次急促而沉重的寫作，來自一場日常悲劇。一九七一年，漢德克的母親瑪麗亞・漢德克因為不堪病痛折磨而自殺，表面上是病痛帶走她，實際上是無法繼續直面人生之蒼白麻木——漢德克看到了、理解了，但只能在她死後才訴諸文字去剖析。

這種剖析的困難在於，你隨時會被指控成為卡繆《異鄉人》裡的殺人犯莫梭，後者對自己母親的葬禮的冷漠被列作法庭指控他故意殺人罪的佐證。

《夢外之悲》故事以報紙上一則冰冷的社會新聞開始：「週五深夜，A城（G區）一名五十一歲的家庭主婦服用過量的安眠藥自殺。」這位自殺者是漢德克的母親，而彼時的漢德克是一個剛走上文壇的新晉作家。

在一個存在主義餘氛尚濃的文學時代裡，書寫母親的葬禮必然會與《異鄉人》產生關係，漢德克用「這樁有趣的自殺案件」去形容自己母親的死，一方面是表現出一種專業化的冷漠，一方面也是暗示這依然是一部小說，「我」並不完全等於漢德克本人。這個死亡事件揉合了卡繆的兩大主題：他人的死與自殺，而漢德克的超越之處是他以冷靜帶出悲憫，這種悲憫在小說中後段不長的篇幅中勻速化開，瀰漫文字中如濃靄讓人窒息。

生死揉合在這樣一句話裡：「我的母親出生在五十多年前的一個地方，那裡也是她死去之地」。隨之而來家族歷史的敘述悲涼又枯乾，不像拉美魔幻現實主義熱衷的家族史那麼奇異多彩，反而像一個中國近代一個西北貧寒之家的滾滾輪迴。人的存在如灰塵，女人（母親只不過是其中一個代表）的命運尤其冷酷，一段段俯瞰式的一生回顧完全展現出未來大師的手筆——大師的能耐，在於體會異於己者的悲歡並且說出來的能力。

難怪在後來，漢德克在《河流之旅：塞爾維亞的正義》中這樣說：「我屬於托爾斯泰以來那個文學傳統……《夢外之悲》是我最成功的一部作品……我向來寧要感人至深，不要博人喝彩。」但是他的感人，很大程度是基於他的冷峻，甚至冷酷。

有「夢外之悲」，就意味著有「夢中之喜」。母親不是包法利夫人，她微細的欲望和自由都是實在而謙遜的，即便這樣，也經不住人世的磨礪和漢德克的鐵筆層層剝離。他延續奧地利現代文學的反諷式沉思傳統，把「夢」的多重隱喻一一解構，他形容市民階層的夢大多是「顛倒之世的聯想遊戲」，「個人命運若真是有了特立獨行的發展，也會在夢的碎片中失去自我的個性……何況，『個體』只作為罵人的詞而聞名。」

在注重個人主義的歐洲文明背景下看這段話未免驚詫，然而如果放到現代奧地利歷史上看，你會赫然發現母親身上帶有這個沒落之國的隱喻。漢德克挖掘的是奧地利人的非個性化，從奧匈帝國的解體到德意志的兼併，「一九三八年四月十日，德國人雙手贊成！」奧地利人呢？「『我們都相當興奮。』母親說。這是他們第一次有了群體經歷……人們在自己的意識中，看見自己所做的動作同時被其他無數的人重複著，於是這些動作行成一種運動的節奏——生活也籍此得到一種被保護且又自由的形式。」漢德克像剖析里芬斯塔爾《意志的勝利》一樣剖開民族的迷狂。

這種迷狂與它根本的貧瘠放在一起的時候，顯得如此可憐。母親因為不停的生育和父親的酗酒失業而越來越陷入貧窮，「乾淨讓窮人擁有社會能力……他們貧苦的生活景象令人厭惡，因而破壞了大眾的觀感。」漢德克如此犀利無情地抨擊國家面對貧困時的自欺，這也許是自喬治・奧威爾《巴黎倫敦落拓記》（*Down and Out in Paris and London*）之後，西歐文學關於貧窮最深刻的描寫，也是對歐洲文明當中包含的自欺自慰最無情的鞭撻，這時的漢德克除了是一個絕望的兒子，更是寫《守門員的焦慮》和《冒犯觀眾》裡那個犀利的批判者。

這不只是那個時代的女性哀歌，而是跨時代的階級哀歌，隨著時代的「進步」，漢德克一次次看到母親獲救的可能，一次次看到這可能的磨滅。無論是作為新時代「家神」的家用電器的發明，對婦女從家務中的「解放」，還是文學閱讀的介入——這也是全書中唯一看到作為作家的兒子對母親的一次援手；還有對政治的投入。當她稍微尋覓到一些個體性，疾病和衰老已經迫不及待來到她跟前了。

這是我們的祖父母、父母都會經歷的潰敗，也許漢德克和我們都難免。《夢外之悲》的黯淡在於此，它所能激起的反抗也在此，這一切要到最後的葬禮才豁然開朗。

「人們迅速離開墳墓，而我的目光則從那裡轉移到屹立不搖的樹——我第一次感受到大自然真是如此無情。原來這是事實！森林擺在眼前，無數的樹梢不證自明；此前混亂的人群作為插曲漸漸地消失在畫面裡，我覺得自己被嘲笑，感到非常無助。而那在無以為繼的憤怒中我突然有種欲望，我想書寫關於我母親的一些事。」

——這段話的語調很魯迅，很《朝花夕拾》，充滿了倦怠與反抗的矛盾。那個過去的、將要過去、或者是遠遠未曾過去的世界，無論獨裁與自由的政治中，對母親都是剝削；與這人類社會無處不在的物質與精神上的剝削相比，所謂「天地不仁」竟然是公平且坦然的，在這樣的覺悟下，書寫終於獲得其必要性。

「我做過一個夢，夢裡的她有第二張臉，那張臉卻也非常滄桑。」

《夢外之悲》也是一部關於寫作之困的小說，因此與其說是流行的「後設小說」，還不如說是「反後設小說」。漢德克不是全知全能者，也不是以自己的犀利文筆承受「夢裡」所渴求的安慰的人，他始終站在夢外，承認這一切悲苦與赤裸裸的無援狀態。這裡，生無例外、死無餘哀，唯留下一個活過、絕望過、在最後一刻有過自由選擇的尊嚴的人的遺像。

（本文作者為詩人、作家）

「不忙著求生的人，就是忙著求死。」

——鮑伯・狄倫[1]

「夜幕匆匆降臨。現在剛過七點，月份是十月。」

——派翠西亞・海史密斯，《一隻狗的贖金》[2]

---

1 鮑伯・狄倫（Bob Dylan, 1941-），美國創作歌手、作家。本句出自於一九六五年的創作歌曲〈沒事，媽（我只是在流血）〉（*It's Alright, Ma (I'm Only Bleeding)*）。

2 派翠西亞・海史密斯（Patricia Highsmith, 1921-1995），美國犯罪小說家，代表作為《天才雷普利》（*The Talented Mr. Ripley*, 1955），小說《一隻狗的贖金》（*A Dog's Ransom*）為其一九七二年的作品。

凱爾騰州[3]《人民日報》週日版的「綜合消息」欄目，刊載著如下的事情——「週五深夜，A城（G區）一名五十一歲的家庭主婦服用過量的安眠藥自殺。」

我母親過世至今已經快七個星期了。在葬禮上我曾有強烈的欲望想書寫她，我希望這份渴望在還沒退回麻木無語之前就展開工作。那份麻木的無語，是我得知她自殺消息時的反應。是的，展開工作——因為，想書寫我母親的這份渴望，有時會突如其來，有時卻又飄忽不定，因此必須得很努力工作，才不至於讓我太隨心所欲，比如用打字機在紙上不斷敲著同一個字母。然而這種單調的反覆動作對我並沒有幫助，它只會使我更加消極與麻木。當然我也可

3 凱爾騰州（Kärtner），奧地利最南的邦，首府為克拉根福（Klagenfurt）。

以離開——在路上、旅途中，即便沒頭沒腦地瞌睡與閒蕩，也不至於讓自己無法忍受。

幾個星期以來，我比平常更容易被激怒，在混亂、寒冷與靜默之中幾乎無法與人交談，每當地上出現一點小毛球或麵包屑，我就彎下腰撿起來。有時我訝異於我所握住的東西並沒有早早從我的手裡落下；想及這場自殺的時候，我會突然變得無感。儘管如此，我仍渴望著那樣的時刻，因為如此一來，麻木感消失，我的頭腦一片清明。那份驚駭讓我又好多了——終於我不再百無聊賴，身體不再抵抗，沒有費力的疏遠，沒有令人傷痛的時光流逝。

在這種時候，最糟糕的莫過於他人的參與，即便是一道目光，甚或一句話。你只能馬上望向他處，或直截了當地堵住他的嘴；因為你需要那感覺——你正經歷的事，它令人費解也無法言傳。唯有如此，我們才會感到那份驚駭是真實且意味深長的。一旦談起這件事情，人們馬上又會覺得無趣，一切突然又變成虛空。然而，我偶爾會沒來由地向人們說起我母親的自殺，若他們妄加評論些什麼，我就會生氣起來，接著，我希望他們最好能轉移注意力，用什麼其他的東西嘲笑我也好。

就好比詹姆士．龐德在他最新的一部電影[4]，人們問他，那位被他從樓梯欄杆上丟下去的對手是否**死了**，他回答：「但願是這

4 詹姆士．龐德（James Bond）為英國作家伊恩．佛萊明（Ian Lancaster Fleming, 1908-1964）於一九五三年以其自身豐富的情報工作經驗所創造的角色，為英國軍情六處特工，編號 007。首度出現於小說《皇家賭場》（*Casino Royale*, 1953），佛萊明共創作十二部小說，以詹姆士．龐德為男主角。後被改編為「詹姆士．龐德」系列電影，本文所提的影片應為一九七一年的《金剛鑽》（*Diamonds Are Forever*, 1971），為該系列影片的第七部。

樣！」這時我不由得輕鬆地笑了。我一點也不在意人們開死亡的玩笑，甚至這樣讓我覺得舒服。

驚恐的時刻總是非常短暫，更多是不真實的感受，在這些瞬間之後，一切又都閉鎖起來；此時若你身邊有人，就會靈機一動，開始去關心他，彷彿剛剛的沉默對他失禮似的。

自我開始書寫以來，這些狀態似乎漸漸遠離、逝去了，或許正是因為我試著盡可能準確地描寫這些狀態。透過描寫，我開始去回憶它們，如同回憶我生命裡已經結束的一個階段，費力的回想與表達使我壓力重重，乃至過去幾週那些短暫的白日夢已經變得陌生。我時不時也會有這樣的「狀態」——日復一日的想法，那些多年來或數十年來重覆無數次機械式的**原初**想法，它們突然遠離，意識開始疼痛，它的內裡突然變得如此空洞。

如今這些都過去了，我已不再處於這樣的狀態。每當我書寫，必然會寫到過去，寫到一些歷練過的事，至少，在書寫的時候是這樣的。我從事文學，這份工作所顯現於外的實體存在，向來就是一個回憶與表達的機器。我之所以寫下我母親的故事，一來也是因為我認為自己比隨便一個陌生的採訪者更了解她，以及她死亡的緣由，那些採訪者也許能夠利用宗教、個體心理學或社會學的夢境解析表，毫不費力地解出這樁有趣的自殺案件；再者則是因為我自身的興趣，當我有些事情可做的時候，我就會復甦起來，最後則是因為我跟隨便一個前來採訪的局外人一樣，都把這場**自我了斷**當成是一件案例，即便我是以另一種方式。

當然這所有的理由都是信手拈來，且可以被其他同樣信手拈來的理由替換。有那樣的短暫時刻，我失語到了極點，並且渴望書寫這些時刻——那種渴望，與我一直以來的書寫的動機並無二致。

參加葬禮的時候，我在我母親的錢包裡找到一張郵局寄件憑證，編號四三二號。週五晚間，她在回家吞藥之前還還寄了一封掛號信到法蘭克福給我，裡面有一份遺囑副本。（為何要用**快捷**呢？）星期一我在同一家郵局打電話，那是她過世兩天半之後，我看見一卷貼有掛號標籤的黃色捲筒橫放在郵務人員面前——這段時間已經寄出了九封掛號信，此刻接下來的號碼是四四二號，這幅景象與我腦海中的數字竟如此相像，以至於我乍看之下覺得混亂，一時間以為一切都不是真的。想告訴別人這些事情的欲望，確實讓我笑顏逐開。那天是如此晴朗，雪色一片，我們吃著肝丸湯；「事情是這樣開始的……」——如果有人這樣開頭，一切就會像是杜撰的，我並不想脅迫聽眾與讀者親身體會，我只想給他們朗讀一段非常奇妙的故事。

事情是這樣開始的，我的母親出生在五十多年前的一個地方，那裡也是她死去之地。當時，那一帶有用的東西都屬於教堂或貴族地主。當中有一部分租給人民，當時的民眾主要由工匠與農民組成。大家普遍都非常貧困，因此擁有少許土地的情形還是非常少見。一八四八年之前的狀況依舊延續著，只有農奴制度正式廢除了。我的外祖父依然健在，他今年八十六歲，是個木匠，此外，他也與妻子一起種了幾畝田、幾片草地，每年繳交地租。他是斯洛維尼亞血統的私生子，當時貧農的子女大多是非婚生的，往往早就性成熟，卻沒有錢可以結婚，也沒有空間作為新房。他的母親少說是富裕農民之家的女兒，他的父親以長工身分與這家人同住，對他的父親而言，自己不再是「製造者」，而是奴僕。無論如何，他的母親就是以這樣的方式，獲得一筆購置小小田產的錢。

由於前面幾代都是身無長物的奴僕，他們的洗禮證明處處闕漏，他們在陌生的屋裡出生、死去，幾乎沒有遺留下任何可給後世之物，因為就連唯一的財產——節日禮服，也隨他們一同進了墳墓。外祖父是第一個在生長環境中感到真正有家的感覺的人，他不用因為每天的勞動成果而看人臉色過活。

為了捍衛西方世界的經濟原則，不久前一家報紙的經濟版提到——財產是**物化的自由**。當時對我的外祖父而言，經過歷代貧苦、無權無勢之後，成為家族中第一位有產者（至少是不動產），這句話或許真有幾分道理。擁有某物的意識是如此自由，讓人在世世代代失去自我意志之後，突然形成了某種意志——想要更加自由。而對外祖父來說，這樣僅意味著擴張自己的財產。以他當時的生活處境來說，這當然不無道理。

起初，他的財產少之又少，幾乎要用掉全部的精力工作，才能勉強保住。於是這些有抱負的小資本家就只有一個辦法——儲蓄。

我的外祖父於是節約度日，直到一九二〇年代通貨膨脹，他存下來的錢又化為烏有。然後他又開始節約度日，方法不只是把餘錢堆疊在一起，而是他也壓抑自己的欲望，並且將這幽靈般的無欲無求也加諸於他的孩子身上，相信他們也做得到；他的妻子，身為女人，打從出生起就什麼事情都不敢想。

他持續地節約度日，直到子女結婚需要**辦嫁妝**，或是作為**就業基金**。在此之前，他當然從來沒想過要將存下來的錢先用於子女的**教育**，尤其是他的女兒們。他的兒子們則被窮光蛋的百年噩夢侵襲，他們處處寄人籬下、受人欺凌，以至於其中一位在不經意（而非事先計畫）的情況下獲得免費就讀高中的機會時，才念了幾天，就因為人生地不熟而無法忍受，夜裡步行四十公里，從省城回家去。當他站在家門前——那天是星期六，這天通常是灑掃庭除的日子，他二話不說，打掃起庭院；在晨曦之中，他持掃帚發出的掃地聲，便表明了一切。據說，他後來當木匠的時候相當幹練，並對此感到滿足。

他與他的大哥在二戰期間很快地喪命了。這段期間，外祖父持續節約度日，省下來的錢在一九三〇年代的失業潮中又再度化為烏有。他節約度日，這意味著：他不菸不酒；幾乎不賭。他允許自己參加的唯一賭局，就是星期天的牌局；然而，就算是賭贏的錢，他也都存了起來，最多只是丟給孩子們其中一小枚硬幣。他在賭桌上如此理性，往往成為贏家。戰後他又開始節約度日，直到今天身為領國家退休金的人，依然沒有停止過。

那位倖存的兒子，成了木匠師傅，畢竟雇用了二十名工人，是不再需要節約度日了。他開始投資；這也意味著——他**可以**喝酒賭博，這甚至屬於他該做的事。迴異於他那終生無語、對一切斷念的父親，他至少藉此找到了一種語言，就算只有在擔任村鎮代表的時候才能使用——他代表一個小黨派，渾然忘我地以偉大的過去描繪偉大的將來。

身為女性，在這樣的環境下出生，打從一開始就是致命的事。你也可以安心地說：無論如何不用擔心未來。在教堂市集中卜算的女人們，她們只給男孩看手相、研讀未來；反正對女人而言，未來不過只是個玩笑。

沒機會了，一切都是天意——小小的調情，一聲輕笑，一下子目瞪口呆，然後第一次顯出陌生且鎮定的表情，並且以此開始持家，孩子們輪番出生，廚房的事情忙完之後跟大家再多待一會兒，打從一開始說話就沒有人聽，自己越來越充耳不聞，自言自語，然後雙腿開始不良於行，靜脈曲張，只剩睡覺時的一聲夢囈，腹部罹癌，死亡讓天意完滿。那一帶的女孩時常玩一種遊戲，當中有幾站的名稱也是這樣的——疲憊／虛弱／生病／重病／死亡。

我的母親是五個孩子當中的倒數第二個。在學校裡，她天賦異稟，老師們給她優異的成績，尤其讚美她工整的字跡，接著，學校的時光也就這麼過去。學習只是一種兒戲，履行了義務教育、長大成人之後，就沒有必要學習了。女人要待在家裡，習慣將來持家的事。

沒有恐懼，除了在黑暗中、在雷雨中那生物本能的恐懼；只有冷與熱的交替，潮溼與乾燥，愜意與不快的交替。

時光隨著教堂慶典、祕訪舞池後的耳光、嫉妒兄弟，以及合唱團演唱的愉悅而流逝。世界上其他發生的事，依舊不清不楚；沒有報紙會被閱讀，除了主教管區的週日報，而裡面也只有連載小說而已。

星期天的事——燉牛肉佐山葵醬，牌局，謙卑的女人們蹲坐在旁，全家人與第一臺收音機的合照。

我的母親天性傲慢，照片上的她不是雙手扠腰，就是把手臂放在弟弟的肩上。她總是大笑，彷彿除了笑，她什麼也不會。

下雨——出太陽，外面——裡面，女人的心情很受天氣影響，因為「外面」向來幾乎只能是院落，「裡面」則毫無例外是自己的房子，而無自己的房間。

這一帶的氣候變化很大——冬天寒冷、夏天襖熱，不過，日落時分或躲進林蔭的時候，身體就會冷得發顫。這裡雨水豐沛；才九月初，窗外就時常有連日潮溼的霧氣，窗戶顯得再小不過，但就算是今天的房子，窗戶也不會比較大；水滴掛在曬衣繩，蟾蜍在某個人影前躍過路面。蚊蟲與甚至白天也出現的夜蛾，在木屋每塊木柴中的蠹蟲與海蛆——你只能習慣，因為沒有其他可能。甚少心滿意足，卻也怡然自得，而多數心滿意足時，卻又有些不幸。

沒有和另一種生活方式比較的可能——因而也無所求了？

是這樣開始的，我母親突然對某件事情感興趣：她想要念書；因為當時還是孩子的她，在念書的時候感受到些許的自我。這情況好比人們說的：「回歸自我。」第一次擁有願望，並且被說出來，一而再，再而再三地，最後變成固著的想法。我母親說她向外祖父「乞求」，希望能去念書。但這是不可能的——幾個手勢就足以打發她；他示意拒絕，別妄想這種事了。

無論如何，對於既成事實，一如懷孕、戰爭、國家、民間風俗與死亡，老百姓都有一套流傳下來的尊重。我母親十五、六歲就這麼離家，然後在一幢湖邊旅館學習烹飪，外祖父隨她的意，**因為她早已離開了**；何況烹飪也沒什麼好學的。

然而，當時也沒有其他選擇了——洗碗工、飯店女服務生、二廚、主廚。「總是要吃飯的啊。」照片上是一張紅通通的臉、雙頰發亮，她的手挽著靦腆又嚴肅的女伴，拉著她們往前走；充滿自信的歡快：「再也不會有什麼事發生在我身上！」她熱愛交際、熱情洋溢，並且毫不掩飾。

城市生活是這樣的——短洋裝（廉價便裙）、高跟鞋、大波浪與耳飾，無憂無慮、熱愛生活。甚至出國一趟！在黑森林當飯店女服務生，許多人**追求**她，卻沒人獲得她**青睞**！出門、跳舞、聊天、打趣——對於性的恐懼就這麼被掩飾；「反正沒有我喜歡的人。」工作、娛樂；內心抑鬱、內心舒暢，希特勒在收音機裡的聲音很好聽。

什麼也負擔不起的人鄉愁是這樣的——回到湖邊旅館，「現在我已經在管帳了。」接受表揚如下：「某某小姐才華出眾、敦品好學。她勤奮、胸襟開闊、笑口常開……我們由衷感到遺憾，她自願離開本旅館。」她划船、通宵跳舞，毫不疲倦。

一九三八年四月十日——德國人雙手贊成[5]！「下午四點十五分，元首乘車凱旋而來，穿越克拉根福[6]的街道，在巴登維勒進行曲[7]的伴奏下抵達。人們歡聲雷動。韋爾特湖已然融雪[8]，夏日避暑與療養勝地那數千面納粹十字旗，映照在無冰的湖面上。老帝國與我們家鄉的飛機要合力跟雲朵一較高下。」

報紙當中夾著投票單以及絲綢或紙做的旗子。足球隊在比賽結束後依照規定喊「必勝！」作為道別語。所有車輛的車牌從「A」

---

5 一九三八年三月，德奧合併；四月十一日，德國國會進行選舉，以全民公投的方式，納入奧地利與蘇台德地區選民，針對德奧合併進行公投，以建立其併吞奧地利之合法性。

6 克拉根福（Klagenfurt am Wörthersee），位於奧地利南部邊境韋爾特湖畔，凱爾騰州首府。

7 巴登維勒進行曲（*Badenweiler Marsch*, 1914），為德國巴伐利亞軍樂作曲家格奧爾格．弗斯特（Georg Fürst, 1870-1936）於一九一四年為德意志皇家巴伐利亞步兵團所創作的進行曲。除了歷代德軍皆用於行進式的演奏，納粹德國也用於官方電臺與媒體。希特勒出現於公開場合常以此曲作為歡迎曲。

8 韋爾特湖（Wörthersee），奧地利南部湖泊。

（奧地利）變成了「D」（德國）。廣播在清晨六點十五播放國家命令、六點三十五元首語錄、六點四十廣播操，晚間八點理查・華格納音樂會，直到夜深，播放的節目都是柯尼斯堡帝國廣播電臺[9]的娛樂節目與舞曲。

「所以四月十日這天，你的選票必須是這樣——在『贊成』這個字底下**比較大**的圈圈裡，**使勁地**給它打叉。」

從監獄裡釋放出來、又故技重施的小偷們，他們給自己搪塞理由，說那些可疑物品都是在百貨公司買來的，由於這些百貨都是猶太人開的，**如今早已不復存在**。

群眾集會活動包括火把遊行與慶祝會；建築物紛紛添上新的國家形象標誌，換上嶄新門面向你招呼；森林與山峰也**妝點著自己**；歷史事件在鄉下人面前，就像自然奇觀那般上演。

「我們都相當興奮。」母親說。這是他們第一次有了群體經歷。就連工作日的百無聊賴都變得像節慶那般地饒富生氣，「直到通宵達旦」。使大家迄今無法參透並且感到陌生的東西，如今顯出了一個盛大的關聯——以節慶的方式讓一切相互連結，就連詭異的機械性勞動也變得充滿意義。

人們在自己的意識中，看見自己所做的動作同時被其他無數的人重複著，於是這些動作形成一種運動的節奏——生活也藉此得到一種既被保護且又自由的形式。

9　柯尼斯堡帝國廣播電臺（Reichssender Königsberg），創立於一九二四年，結束於一九四五年。柯尼斯堡即今日俄羅斯西部波羅地海濱的加里寧格勒（Kaliningrad），曾是普魯士人的定居地與德國文化的中心地。一九四五年，蘇聯紅軍占領柯尼斯堡，二次戰後根據《波茨坦協定》成為蘇聯領土。

這樣的節奏如此真切存在，進而成為儀式。「集體利益先於個體利益，集體意志先於個人意志。」如此一來，就可以處處為家，而不必思鄉了。照片背面有許多地址，第一次買了筆記本（或是別人送的？）突然間，許多人都成了某人的熟人，發生的事情則多到可以**遺忘**一些。她總想對某些事情感到驕傲；因為現在大家所做的事情不知怎地竟是重要的，於是她真的變得驕傲，並不為什麼，就只是那麼驕傲，作為一種態度與表達，屬於那終於臨到的生活感受；她不願再放棄這種模糊的驕傲。

她始終對政治不感興趣，對她來說，真實在眼前上演的，全是另一種樣子——化妝舞會、烏發影片公司的每週新聞概覽[10]（觀看現實的盛大活動——連兩週觀看有聲片！），及世俗的教堂紀念日。因為「政治」不是感官所能及的，它是抽象的。它不是化妝舞會，不是圓圈舞，不是穿著民族服裝的傳統樂隊；無論如何它不是**眼睛可見**的。觸目所及，皆是華麗，然而「政治」，那是什麼？一個沒有具體概念的詞，打從在學校課本裡出現就已經使人感到抽象；所有與政治相關的，都被與現實毫無關係的流行語所淹沒，甚至於政治所展現出的形象，也一概與人無關：壓迫是鎖鏈及鞋跟，自由是山峰，經濟體系是冒著煙且令人安心的工廠煙囪，或者下班後抽的菸斗，而社會體系好比一個下降的階

10 烏發影片公司（Universum Film AG, UFA），成立於一九一七年，歷經威瑪共和國、納粹德國與二次世界大戰，存續至今。由於其成立受到國家政策的控制與壟斷，納粹德國時期全面將其國有化，強化電影的政治宣傳。「每週新聞概覽」（Wochenschau）為德國影院於電影正片放映之前所播放的新聞短片合輯，常見於威瑪共和時期，一九四〇年，納粹德國將此類短片交由國家統一製作。

梯——「皇帝、國王、貴族／市民、農民、亞麻織工／木匠、乞丐、掘墓人」——不過順帶一提，這種戲碼通常只有在農民、木匠，或亞麻織工，這種子女成群的大家庭中才能完整搬演。

這段工作外出的時間，幫助了我的母親擺脫拘束並且走向獨立。她獲得了一種態度，並且拋卻了最後一絲與人接觸的恐懼——像她的小帽子滑向一邊，拍照時當她自得其樂對著攝影機笑的那一刻，一個小夥子把她的頭按住，讓兩人的頭靠在一起。（然而看著照片真的能將這種事「說出來」嗎？每一回的講述，即便講的是真實發生過的，難道就沒有或多或少的虛構？如果大家僅止於報告，那麼虛構就少一點；如果試著更詳盡地講述，虛構就會多一些？人們愈是虛構，故事也許會對別人來說更加有趣，因為大家聽故事的時候，都比聽真實報導還要更入迷？——是不是也因此才需要讀詩歌呢？「在河岸邊窒息。」湯瑪斯・本哈德[11]是這麼說的。）

蒙上布料的圓形喇叭中，伴隨強而有力的音樂，宣告一連串的捷報。那台國民收音機[12]神祕地在聖像角[13]兀自發光。戰爭「增加了一切情況的不確定性」（克勞塞維茲[14]語），並且讓從前每天

11 湯瑪斯・本哈德（Thomas Bernhard, 1931-1989），奧地利小說家、劇作家與詩人。

12 國民收音機（Volksempfänger）是納粹德國宣傳部長約瑟夫・戈培爾（Paul Joseph Goebbels, 1897-1945）所要求開發的一種廣播收音機，俾使全民都能負擔得起，全面普及德國家庭，並作宣傳媒體。

13 聖像角（Herrgottswinkel）為德國家庭內供奉上帝聖像的地方，通常在家中一角。

14 卡爾・馮・克勞塞維茲（Carl von Clausewitz, 1780-1831），普魯士將軍、軍事理論家，著有《戰爭論》（Vom Kriege, 1832），死後由其遺孀整理出版。

理所當然的事變成令人興奮的偶然，從而強化了人們的自信。戰爭對我母親而言，不像之於我那般，是幼小時候能夠決定未來，感覺世界的恐懼幽靈；起初它只是一種傳奇世界的經歷，此前人們頂多在廣告小冊中見過。戰爭使人有了新的感受，對於距離，對於**從前的和平時期**，特別是對於某些其他人——他們平時只是遊魂般地扮演著同志、舞伴與同事的角色，卻也是第一次與他們有了家庭的感覺：「親愛的哥哥……我正在地圖上找你現在可能身處的地方……你的妹妹筆……」

於是有了初戀——和一名德國黨員同志，他在平民時期當儲蓄銀行職員，如今擔任國防軍的軍需官，著實有那麼點威風——很快地，他也讓她懷孕了。他已婚，她愛他，很愛，凡事都聽他的。她帶他見父母，跟他去附近郊遊，在寂寞的軍旅生活中陪伴他。

「他對我非常體貼，不像其他男人讓我害怕。」

他做決定，她順直接受。有一回，他送她一樣東西——香水。他還借她一台收音機，放在她房裡，之後又帶走了。「那時」他也讀書，他們一起讀一本名叫《壁爐旁》的書。有一回，他們去高山牧場上郊遊，兩人在下坡時跑了一會兒，這時我母親發出屁聲，被我父親警告；接著兩人繼續走，他自己也不小心放了屁，於是咳了幾聲。後來她跟我說起這件事的時候，整個人幸災樂禍地笑彎了腰，同時又良心不安，因為她唯一的愛情就這樣被醜化了。愛上某人，尤其是曾經愛上這樣一個人，這件事情令她覺得好笑。他比她矮，年紀大她很多，幾乎禿頭，走在他身邊，她都穿平底鞋，並且不斷調整步伐好配合他，她挽著他顯得抗拒的手臂，卻一再而再地滑開，他們是差別懸殊且可笑的一對——儘管如此，她還是在二十年後渴望著能在某人身上重新感受到這樣的東西，一如她曾經盼望那位銀行小子能給她例行公事的小小體貼。可是已經沒有**另一個人**了——生命的處境把她培養成一個在愛情上從一而終的人，無法更換也不能替代。

高中畢業會考之後，我首次見到我的生父——在約定的時間之前，他偶然在街上與我迎面而來，曬傷的鼻梁上有張揉碎的紙片貼著，他的腳穿著涼鞋，狗繩牽著蘇格蘭牧羊犬。他與舊情人在她家鄉的一間小咖啡館見面。母親情緒激動，父親不知所措；我遠遠地站在音樂點播機旁，按下了貓王的《偽裝的惡魔》[15]。丈夫聽聞所有風聲，卻只派最小的兒子到咖啡館當作暗示，孩子買了一客冰淇淋，接著站在母親與陌生人身旁，時不時用同樣的句子問她究竟幾時才要回家。我父親一邊將太陽眼鏡夾在另一副眼鏡上，一邊跟牧羊犬說話，他表示「差不多」該買單了。我母親從口袋裡拿出小錢包的時候，他直說：「不，不，我請妳。」我和父親後來在度假時一起寫了張明信片給她。所到之處，無論我們留宿在哪，他逢人便說我是他兒子，因為他無論如何不想讓人以為我們是同性戀（第一百七十五條規定）[16]。生活令他失望，他越來越孤獨。「自從我

15 艾維斯・亞倫・普里斯萊（Elvis Presley, 1935-1977），美國歌手、音樂家與電影演員，中文暱稱「貓王」。《偽裝的惡魔》（*(You're the) Devil in Disguise*, 1963）為貓王於一九六三年所發行的單曲。

16 一八七一年五月十五日，德國頒布《刑法》第一百七十五條（§175 StGB），規定男子之間的性行為屬刑事犯罪，得處監禁刑。一九三五年，納粹政府將法規範圍擴大，不遵守道德原則之與性別有關的行為，皆可定罪，祕密警察可不經法庭聽證，將嫌疑人直接送入集中營。該條文在二次戰後歷經多次重新修訂，直到一九九四年完全廢止。

認清人類的面目之後，我就開始熱愛動物。」他這麼說，表情當然不全是認真的。

母親在近分娩之前，嫁給了一位德國國防軍的士官，他**愛慕**她許久，也不在乎她跟另一個人有了孩子。「非她莫娶！」他第一眼看到她就這麼想，並且跟兄弟們打賭自己會贏得她的芳心，確切來說就是她會接受他。然而她討厭他，不過大家都勸她要意識到自己的責任（給孩子一個父親）——她第一次被嚇怕了，臉上的笑容稍稍褪去。但話說回來，有人這樣非她不可，也使她感到佩服。

「我想，反正他會戰死。」她說，「可是後來還是會突然擔心他。」

無論如何，她現在可以申請婚姻生活貸款了。她帶著孩子驅車

前往柏林，到丈夫的父母那裡。他們被容許待下。但第一批炸彈就這麼落下，柏林遭到轟炸，她返回家鄉，這是一則再平凡無奇的故事，她又開始笑了，有時笑得尖叫起來，讓大家嚇一大跳。

她忘了丈夫，將孩子用力摟住，緊到孩子哭著逃開，她蜷縮在屋裡，在她的哥哥們死後，屋裡的人們，目光都變得遲鈍，時常掠過彼此。再也沒人來了嗎？就這樣了嗎？大量的死亡，兒童疾病，拉上的窗簾。無憂無慮的日子裡和老友們往返書信，在廚房和田裡幫忙，然後一再地從田裡跑出來，把孩子挪到樹蔭下；接著，緊急狀況的鳴笛響起，鄉下也是一樣，全民四處逃竄，奔往充當防空洞的岩洞，村裡的第一個彈坑後來成了遊戲場與垃圾場。

即便光天化日也變得陰森恐怖，我們每日曾經所面對的外部世界，如今從童年的夢魘中化為汗水滲流出來，成為一個既熟悉，又

難以捉摸的鬼。

面對所有事情，我母親總是目瞪口呆地站在一旁。她並未因此變得易受驚嚇，當大家的驚恐感染她時，她頂多大笑一聲，同時為自己身體的獨立不羈感到羞恥。「妳不會不好意思嗎？」或是「妳真該感到羞恥！」這是始終被大家用來勸誡小女生，特別是正要長大的女孩子的一種思想準則。在這信奉天主教的鄉下地方談論女人的私生活，簡直是冒失且放肆；唯有斜眼怒視，直到那女人的羞恥感不再只是因為一開始好玩而裝出來的，更是要嚇退內心最基本的感受，甚至是歡愉的「臉紅」，也應該感到羞恥，因為歡愉這種東西見不得人；悲傷的時候，面孔不是蒼白，而是發紅，流出的不是眼淚，是汗水。

我母親在城裡時，以為找到了多少適合她自己的生活方式，至少她當時是感到舒適的——如今她卻發現，只要排除第二種可能，其他人的生活方式也代表著唯一可行的**生活**。每當她談起自己，並且從敘述性的語句中越界，人們便會對她使眼色，要她閉嘴。熱愛生活，如工作中的一個舞步、哼唱一首流行歌，這全是異想天開，由於無人唱和，最後往往自討沒趣、孤獨收場。其他人過著自己的生活，同時自以為榜樣，他們吃得盡可能少，他們互不表態，他們去告解，以此提醒待在家中的人別忘了自己的罪孽。

於是就這麼挨餓著。每個表明自己想法的小小的嘗試，不過只是發牢騷罷了。人們感到自由，卻無能表達出來。其他人雖然都是孩子，但正是孩子們懲罰性的目光，格外使人心情抑鬱。

戰爭結束後不久，我母親想起了丈夫，雖然無人盼著她，她還是再度驅車前往柏林。那男人也忘了自己曾經跟人打賭要把她追到手，而跟一名女友同居在一起；當時發生了戰爭嘛。

但她帶了孩子過去，於是兩人便提不起勁地履行著婚姻的義務。

在柏林潘科區一個轉租的大房間，丈夫，當電車司機時，酗酒，當電車售票員時，酗酒，當麵包師傅時，酗酒。妻子總是帶著這段期間出生的第二個孩子不斷地去雇主那裡，央求著再給他一次機會。這種故事再平常不過。

在這樣的貧苦之中，我的母親那鄉下人豐腴的臉頰不再，反倒成了一名相當高貴的婦人。她抬頭挺胸，落落大方。這時的她，什麼都能穿，穿什麼都好看。她不需要把狐皮圍在肩上。每當丈夫酒醒之後，他就會抱住她，說他愛她，這時她會冷酷地對他投以同情的微笑。再也沒有什麼可以使她受到傷害了。

他們時常出門，而且是漂亮的一對。他酒醉的時候，就會變得**放肆**，而她只有**嚴厲**相待。然後他會打她，因為輪不到她來說話，賺錢養家的人明明是他。

在他不知情的狀況下，她用長針拿掉了一個小孩。

有一段時間，他住在父母家，後來又被送回她那裡去。童年回憶是：他有時會帶新鮮麵包回家，黑麵包油油亮亮，給周圍陰暗的房間帶來了朝氣，還有母親的讚美。

在這樣的記憶中，物品到底是多於人的：一只陀螺在空蕩蕩的廢墟街道舞動著，小湯匙上的燕麥片，俄羅斯品牌的鐵碗中灰色黏稠的救濟食品。有關人的記憶，只有局部，頭髮、臉頰、手指上的疤痕；母親的食指上有那麼一個，是小時候切除息肉結痂的疤，每每走在她身邊，我的手剛好可以握住這塊硬硬突起的部位。

她就這樣一事無成，也不會再有所成，這點人們連預測都不需要。儘管那時的她根本不到三十歲，就已經會說「想當年」了。直到現在，她不曾「認同」過什麼事，如今生活景況卻變得如此困苦，使她不得不展現生命中的第一次理智。她選擇了理智，就算不甚明瞭。

她已經在構想一些事，甚至可能的話，她想試著依這些構想去生活，然後就是「理智一點！」——那是理性的反射動作——「不跟你說了！」

於是她被區別，並且也學會區別，對人對物，雖然在這方面幾乎沒什麼可學的。就「人」這方面，丈夫無話可說，孩子無話可說，所以不算數；就「物」這方面，反正幾乎只有最小單位的東西可用，於是她必須節儉吝嗇以持家，星期天穿的鞋子平常不許穿，出門穿的服裝，回家要馬上掛起來，購物袋不是用來玩的！溫熱的麵包明天才能吃。（還有一隻堅信禮時收到的手錶，之後馬上就被收走了。）

出於無助，她故作姿態，卻又自我厭倦。她敏感、易受傷害，卻以謹小慎微、費心過頭的自尊來掩飾，在這樣的自尊底下，便是最微小的傷害，也會馬上令她驚慌失措，一張無助的臉往外望。要貶低她是很容易的。

她跟她的父親一樣，認為自己不配享受，卻又靦腆地笑著求孩子們讓自己舔一口糖。

在鄰里之中，她受到喜愛與讚嘆，她有一種奧地利式的合群且喜歡歌唱的天性，一個**正直**的人，沒有大城市的人那種矯揉造作與賣弄風騷，她沒有什麼可讓人議論的。跟俄羅斯人她也處得不錯，因為她可以用斯洛維尼亞語跟他們溝通。這時她會說很多話，只要是她知道的共通詞，她通通都說，這讓她感到自由。

但是她從來沒興趣冒險。對此，她通常會過早地感到心理負擔；不斷地叨念，從而變成羞恥。她只能想像一場冒險，像是有人想從她身上「得到什麼」，這會嚇退她，終究她不想從任何人身上得到什麼。後來她喜歡相處的那些男人，都是**彬彬有禮的**，她在他們身上感受到溫柔體貼，有這樣的好感便已足夠。只要有人可以說話，她就會感到放鬆，幾近幸福。她不再允許有人接近她，因為她必須謹慎，並且在這當中感到自我的完滿——不過，這只有在夢中才能體會了。

她變得中性，將自己轉讓給日常的瑣事當中。

她並不寂寞，頂多感到自己像半個人，卻沒有人可以填補她。「我們兩人真是互補。」她說起從前和銀行職員在一起的時光；那才是永恆愛情在她心中理想的模樣。

戰後；大城市；在這座城市是不可能過從前那樣的城市生活的。人們在瓦礫堆上奔跑，上上下下地穿越這座城市，好縮短路程，卻依然得不斷地排在長長隊伍的最後面與人摩肩擦踵，這些同代人目光空洞，在擁擠之中紛紛縮起手肘。短短一聲苦笑，目光從自身移開，跟別人一樣目光空洞地四處張望，然後驚覺自己跟其他人一樣顯出了自己的欲望，驕傲受了傷，但還是得試著撐下去。可憐啊，因為唯有如此，才能讓自己混跡在周遭人群中——好比撞人的與被撞的，擠人的與被擠的，罵人的與被罵的，混亂之中誰也分不清了。

在這新的生活處境當中，嘴巴竟也誇張地緊閉起來了。在那之前至少還偶爾打開過，例如在青少年驚訝的時候（也許是女孩子們裝模作樣），在鄉下人大驚小怪的時候，以及在白日夢結束的時候。如今這樣緊閉的嘴，已經成為了一種與眾人一起堅定下去的記號。但這也只是做做樣子罷了，因為幾乎沒有什麼是可以靠**個人**堅定下去的。

面具一樣的臉——不是面具般僵硬，而是面具般地無法移動——用偽裝的聲音，努力保持低調，他們不僅說另一種方言，對陌生俚語也鸚鵡般地學舌。「好得很！」、「少碰為妙！」、「今天又狼吞虎嚥啦！」暗地裡學別人的姿態，兩腿一蹬，一腳放在另一腳前面……他們做這一切並非為了變成另一個人，而是成為**同一類人**，從戰前形象轉變為戰後形象，從鄉巴佬轉變成都會寵兒，這些人可以這樣描述：**高大**、**苗條**、**深色頭髮**。

對這類人凡此種種的描述，也讓她感到擺脫了過去，因為那種體驗就像被陌生人帶著情色的眼光初次打量。

為此，那些從沒機會安心走市民階級路線，而笨拙地模仿市民階級進而獲取表面的穩定性的，這樣的關係在女性當中普遍存在著。這些關係如：「某人是我喜歡的那一型，但我不是他喜歡的」、「我是他喜歡的那一型，但他不是我的」、「我們是天造地設」，及「我們無法忍受彼此的目光」……所有的社交方式都成了某種具約束性的規則，以至於每個人若**個別**地在行為上多管閒事，也僅是這些規則的例外。譬如母親說起父親的時候，她會說：「其實他不是我喜歡的那型。」人們依照這樣的類型學來生活，在客體化的距離中感到舒適，同時不再自苦，不為出身而自苦，不為個人痼疾如癬病汗腳而自苦，也不為日日變換的生活條件而自苦；一名小人物以此類型之道存活於世，就此脫離令人羞恥的寂寞與孤絕，他失去了自我，卻成為了那個誰，就算只是暫時也好。

然後就這麼飄著在街上穿行，那些他能無憂行經的一切，都鼓舞著他，而那些要他停步並與之糾纏的，則與他產生碰撞——譬如大排長龍的人們，施普雷河上一座高大的橋，裡面有嬰兒車的櫥窗。（她又偷偷拿掉了一個孩子。）永不止息，所以得安寧，孜孜不倦，因而能擺脫自己。座右銘：「今天我什麼也不要想，今天我只要開心就好。」

暫時如願以償，所有屬於個人的，都消失在類型之中。接著，甚至悲傷都只是歡快的一個短暫階段：「孑然一身，孑然一身／如同街上的一顆石頭／我如此孑然一身。」[17]連傻瓜都知道這是模仿的旋律，她用造作的家鄉歌曲為大家與自己的歡慶貢獻了一份心力，況且這片歡樂興許會在男人們的玩笑話中延續下去，才剛開口，那粗鄙的聲調就讓大家不禁同聲大笑。回到家，自然是那**四面牆**，獨自一人面對四壁；興高采烈還能持續一會兒，哼著歌曲，邊脫鞋邊跳著舞步，甚至有股短暫想要跳出皮膚的欲望。但很快她又被拉回房間，從丈夫到小孩，從小孩到丈夫，從一件事到另一件事。

她的如意算盤總是打錯；在家裡，小市民的解脫模式再也行

17 奧地利南部凱爾騰州的民謠合唱曲。

不通了，因為生活環境還停留在市民生活之前的水平——住在一房公寓，每天擔心的不外乎一日三餐，跟**伴侶**之間的溝通模式幾乎僅限於下意識的表情、姿態，以及尷尬的性生活。必須走出家門，才有機會真正體驗一點生活。外面是贏家類型，家裡是比較弱的那一半，永遠的失敗者。這不叫生活！

後來她時常講起這些，她渴望**講述**，但常講到一半就因厭惡與悲憐而顫抖起來。她太膽怯，沒法藉此把厭惡與悲憐從身上抖落，卻恐怖地令它們復活了。

小時候，廁所裡會傳來令人感到滑稽的抽噎聲，記憶中，她的紅色眼睛有如兔子。她曾經；她變成；她一無所成。

（當然，關於某人的某些特定之事，這裡所寫出來的還是有些不明確；但唯有如此概括性的說法，才能讓除了我以外的人也有所感觸——也就是說，在這個也許非常特殊的故事當中，不要把我母親當成那位可能唯一的主角——若單純複述一個跌宕起伏的人生，再加上突然的一個結尾，那是強人所難了。

這種抽象性與表述的危險自然在於，它們有著獨立的傾向。它們會忘記展開故事序幕的那個人物，成為措辭與句子的連鎖反應，一如夢中的圖景。那是一種文學儀式，個體的人生在這當中只是故事的發軔。

這裡存在兩種危險——一種是單純的複述，另一種則是讓人物在詩意的句子當中毫無痛苦地消失——兩種危險使都書寫變得緩慢，因為我害怕每寫一句，就失去平衡。這點適用於每個文學活動，特別是遇到現在這種情況——在事實占了絕對優勢，幾乎不容編造的時候。

因此，一開始我還是從事實出發，並尋找適合她的文字表述。但我很快就發現自己在尋找這些字眼的同時，早已偏離了事實。現在我從既存可用的文字出發，從整體社會的語言基礎，而非從事實出發，並且從我母親的人生當中，整理出這些已然預定的事件；因為只有在這一種不刻意追尋的公共語言當中，才能順利地在這所有空洞的生命事件當中，找出迫切需要公開的內容。

我於是拿以下兩者做逐句的比較——女性傳記廣泛使用的文字內容，以及我母親的特殊人生；相近性與矛盾處會產生真正的書寫活動。重要的是，我不能只是引用。就算看來像引用的句子，也要讓人時時牢記它的存在是在講述對某人、至少對我來說非常特殊的事情。唯有這樣把我個人私底下的動機，謹慎地、牢牢地置於中心點，這些句子對我來說才有用。

　　這故事有另一特別之處是，我並不如往常那般，隨著一句又一句的書寫，遠離被描繪的人物的內在生活，並帶著一種愉快的慶祝心情從外部觀看，彷彿他們是被隔絕的可憐昆蟲，然後在結尾將他們釋放。而是，我試著保持那一如既往的，僵硬的嚴肅，書寫並盡可能地貼近那個角色。但也因我無法用任何一個句子來完美地捕捉出她，所以只有不斷地重頭開始，而無法達到平時那種超然的鳥瞰視角了。

　　通常，我都會從自己或身邊的瑣事出發，隨著書寫過程不斷往前推進，我會愈來愈遠離這些事，最後，將我自己與這些瑣事當成勞動成果與商品那樣，使之各奔東西。然而這次，由於我只是**描述者**，無法成為**被描述者**的角色，書寫之際我無能與之分離。我只能設法跟自己保持距離，但我的母親卻怎樣也無法像我對平常待自己的那樣，成為一個內在歡樂且日益快活的藝術人物。她拒絕被孤立，總是令人費解；我所有的句子摔落成一團黑，混亂地躺在白紙上。

「一些無可名之的事物。」故事通常這麼說，或是：「一些無法描述的事物。」多數時候，我將它們視為懶惰的藉口。但這則故事卻真的與無以名狀相關，與啞口無言的恐怖瞬間相關。它描述的瞬間，意識因為恐懼而猛然驚嚇；它描述的恐怖狀態，如此短暫，以至於語言總是來得太晚；它描述夢境的過程是如此可怕，使人在意識中化身為蟲，身歷其境，停止呼吸、全身僵硬。「冰冷的寒氣爬上我的背脊，我後頸的寒毛豎起。」——鬼故事的情節一再出現，轉開水龍頭之後又旋即關上，晚上拎著啤酒瓶走在街上；只有情節，沒有完整故事，沒有讓人期待，這樣那樣或者令人安慰的結局。

頂多在夢中，我母親的故事才短暫可以捉摸，因為在那裡，她的感受是如此真實，以至於我以為自己是另一個她，與這些感受融為一體；然而，這就是剛剛提到那些時刻，極端的表達欲與極端的無語同時發生了。因而只有透過書寫來捏造出井然有序的平凡人生：「當時——後來」，「因為——雖然」，「我曾經——變成——一無所成」，並且藉此消除恐怖。也許就是這故事的詭異之處。）

一九四八年初夏，我母親與丈夫帶著兩個孩子離開東部管制區，他們把剛滿周歲的女嬰放在購物袋中，身上沒有證件。他們兩度在凌晨祕密越過邊境，一次還被俄羅斯的邊境警察喊住，母親則以斯洛維尼亞語回答出了暗號，那一刻起，意味著黎明、耳語與危險三種滋味交織成一體。他們搭上火車，穿越奧地利，大家都興奮且激動起來；她又回到出生時的屋子，與家人一同被安置在兩個小房間。她的丈夫成為她的木工哥哥第一個雇用的工人，她自己則又成為昔日這幢屋子全體居民的一分子。

和待在城裡不同的是，她會因為孩子而感到驕傲，跟他們在一起時也會表現出來。她不會再讓人指指點點。從前她被嘲笑時頂多在人前吹個牛；現在乾脆嘲笑回去。她可以嘲弄到對方無話可說。尤其是丈夫，他常常說起自己的許多計畫，每次都招來刻薄的嘲笑，以至於很快地說不出話，只有木然望向窗外。隔天，他還是興致勃勃地又談了起來。（往日時光在母親的嘲笑中又再度鮮活！）

就這樣，她也用嘲笑的方式打斷孩子們的話，在他們說出願望的時刻；因為嚴肅表達願望是可笑的。這段時間，她誕下了第三個孩子。

她再度說起家鄉的方言，就算這樣只是好玩——一個有**國外生活經驗**的女人。這段時間，昔日的女伴們也都幾乎回到出生地；她們只是短暫離巢，到城裡或界外遊走一回。

在這種大多僅限於家務與生計的生活型態當中，友誼頂多只意味著人們彼此熟悉，卻不代表可以彼此交心。畢竟大家都明白，每個人的煩惱都一樣——只是每個人對於煩惱的看法孰輕孰重，有所區別罷了，一切全看個性。

這個階層的人民如果沒有煩惱，那可奇怪了，不如說是瘋子。酒醉的人沒變聒噪，只是更加沉默，也許一聲喝斥或者歡呼，復又陷入沉思，直到法定打烊時間一到，就突然謎樣地啜泣起來，對整夜待在那裡的人擁抱或者痛打。

關於人，沒有什麼故事好說的；就算是教堂裡的復活節告解，大家一年至少有一回可以這樣說說自己發生的事，卻只是教義問答手冊的要點被喃喃念出來，「我」在其中真真顯得比月亮的局部還要陌生。若有人談起自己，卻不只是胡扯，人家就會說他「特立獨行」。個人命運若真是有了特立獨行的發展，也會在夢的碎片中失去自我的個性，並且在宗教、習慣與良善風俗的儀式中殞落，如此一來，個體之中就不會留下什麼人性；何況「個體」只作為罵人的詞而聞名。

悲哀的禱告念珠，光榮的禱告念珠，收穫感恩節，全民公投的慶祝會，女士挑選舞伴，確認兄弟情誼的酒局，愚人節的玩笑，守靈，新年夜的吻——這些形式膚淺地表達了私人的憂傷、傾訴的想望、幹勁、獨一無二的感受、對遠方的渴望及性欲，它們是顛倒之世的聯想遊戲，在其中，每個角色都被混淆，使你感到自己不再是個問題。

隨興生活——在**工作**日散步，愛情的第二春，身為女人在酒館獨自喝烈酒——這樣就算是某種胡作非為了；人們頂多是「隨興」加入高歌一曲，或是彼此邀請跳舞。

為了遮掩自己的故事與真實感受，於是大家開始隨著時間流逝而「怕生」，就像平常形容譬如馬兒之類的家畜那樣——大家變得羞怯，幾乎不再說話，或是有些精神渙散，在屋子裡到處喊叫。

剛剛提及的儀式就這麼成了一種慰藉。慰藉——它其實並不進入你，而是你成長於其中；直到你終於認同，自己作為一個個體，其實什麼也不是，無論如何不是什麼特別的東西。

從此你再也不期待了解個體生活的景況，因為你再也沒有打探消息的欲望。所有的提問都成為廢話，回答也如此千篇一律，以至於尋求慰藉這件事你不需要任何**人**，光靠**物品**就夠——甜蜜的墳墓，慈愛的耶穌，甜蜜哀傷的聖母，以上種種都昇華成為膜拜之物，給那些渴望死亡，卻也每天努力讓自己的困厄由苦轉甜的人們。在這些充滿安慰的膜拜物面前，他們逐漸消逝。日復一日，同樣形式的社交，總是面對同樣的東西，以至於你也覺得它們是神聖的；並非無所事事才叫甜蜜，勞動才是。畢竟你別無選擇。

你不再對任何事情感興趣。「好奇」不是一種生物特性，而是女人家的惡習。

但我的母親有著好奇的本性，她並不尋求慰藉。她並不沉迷於工作，而是輕率了事；因此她經常感到不滿。天主教說的塵世之苦她不懂，她只相信此生的幸福，那可得有些運氣；她偏偏運氣頗差。

她還想給大家好看！

但怎麼辦？

她多想好好輕浮一回！於是她真的輕浮了一回：「今天我失心瘋，給自己買了一件上衣。」無論如何，這舉動在她的生活周遭算過份了，她養成抽菸的習慣，甚至是在大庭廣眾之下。

附近許多女人都偷偷酗酒；她們歪斜著厚厚的嘴唇，令她反感——這樣可沒法讓什麼人好看。她頂多微醺——然後跟隨便某人稱兄道弟、喝起酒來。用這樣的方式，她很快地跟年輕鄉紳們打成一片。這個小地方，少數生活優渥的人還是組成了一個社交圈，而她在這個圈子裡頗受歡迎。有一回的化妝舞會上，她扮演羅馬女人，贏了首獎。只要你能**得體**、**風趣**、**歡樂**，至少這個鄉下社群在娛樂方面是不分階層的。

在家裡她是「媽媽」，丈夫也這麼叫她，比起叫她名字的次數還要多。她覺得這樣很好，這個詞更適切地描寫著她與丈夫的關係；他對她而言，從來都不像是什麼小心肝。

現在她是那個節省度日的人。節省的意思當然不是像她的父親那樣，只是把錢存下來，而是必要的能省則省、節制欲望，乃至後來興起的貪念一下子又被節制了。

儘管調度的空間小得可憐，大家至少還可以模仿小市民階級的生活**方式**好自我安慰——貨品依然被可笑地分為「必需的」、「有用的」與「奢侈的」。

但被歸為必需的只有食物，冬季的燃料則被歸類為有用，其餘的一切皆是奢侈品。

這樣生活若還能有些盈餘，她至少在一週當中會感到一次小小的自豪：「我們一直都過得比人家好啊。」

於是可以負擔以下的奢侈品——一張座位在第九排的電影票，然後喝杯氣泡酒；隔天早上給孩子們一兩先令，讓他們去買一塊本多浦巧克力[18]；每年來一瓶自釀的蛋奶酒[19]；有時冬天，每逢週日便享用整個星期收集的生奶油，方法是——冬天夜裡把牛奶鍋

18 本多浦巧克力（Bensdorp-Schokolade），荷蘭巧克力品牌，創立於一八四〇年。

19 蛋奶酒（Eierlikör），由雞蛋、糖與白蘭地製成的歐洲傳統酒精飲料。

置於兩扇窗之間。「那真是一場節慶！」假如那是我自己的故事，我可能會這麼寫；然而，那不過是奴隸般地模仿無法企及的生活方式，一場幻想人間天堂的兒童遊戲。

聖誕節——那些反正是必需的東西，就會被包裝成禮物。大家用內衣、褲襪與手帕等各種必需品互相給對方驚喜，並且說，對，我剛好**想要**這個！大家用這樣的方式扮演著受贈者，無論收到什麼，食物除外；譬如有一次，我收到迫切需要的開學用品，而發自內心深深感激，並且把它像禮物一樣擺在床邊。

生活水平不能超過丈夫的經濟能力，那份能力由每月工時所決定，並且由她為丈夫計算出來。她貪婪地計算區區半小時，害怕他下雨天輪班賺不到錢，這時候丈夫會坐在小房間裡，看著她在他身邊喋喋不休，或是覺得受到侮辱般瞪視著窗外。

冬天有建築業的失業津貼，丈夫都拿去喝酒了。她去一間又一間的酒館找他，然後他便幸災樂禍地給她看剩下的錢。他揍人，她躲開。她不再跟他說話，她讓孩子們反感；孩子們在寂靜中覺得恐懼，摟著悔恨不已的父親。巫婆！孩子的眼神充滿敵意，因為她顯得誓不兩立。父母外出時，他們睡得心驚膽跳，直到清晨丈夫與妻子拖拖拉拉地穿過房間，他們才蜷縮進棉被底下。她每走一步就停一步，直到他不假思索地往前撞。兩人憤怒地不發一語。最後她終於忍不住開口：「你這畜生！你這畜生！」這下子他可以好好揍她了。她每被打一拳，就笑他一回。

平常他們是不看對方一眼的，但在這公開敵對的時刻，他們卻堅定不移地瞪視對方的眼睛，他由下往上，她則由上往下。棉被底下的孩子們只聽見推擠與急促的呼吸聲，有時還有餐具櫃的碗盤晃動的聲音。隔天早上，丈夫在床上昏厥，妻子閉著眼睛在他身旁裝假裝睡著，孩子們則自己做早餐。（當然，這種敘述手法多麼像是從其他地方抄襲或借用，能用其他故事隨意替換。就像一首老歌。與故事的時代毫無關聯。不過就是十九世紀。但這仍然是必要的，只要世界上仍還有一個這樣經濟狀況的地方，這種過時、可替換的十九世紀事件，就如同規則一樣不會改變。甚至於，至今鄉下公所的公布欄上，都還貼滿了謝絕誰誰誰上酒館的禁令。）

她從不跑開。這段時間她明白了自己的位置。「我只要等孩子們長大」。第三次墮胎，這次血崩得厲害。快滿四十歲時，她又懷了孕。不能再墮胎了，她誕下孩子。

「貧窮」這個詞是美好的，不知怎地卻也是高貴的。這令人馬上聯想到舊時學校課本裡提到的印象——貧窮，卻乾淨。乾淨讓窮人擁有社會能力。社會的進步來自於潔淨的教育；一旦貧苦人變得乾淨，「貧窮」就成了榮譽的稱謂。之於那些身受其苦的人，貧苦不過是其他國家的敗類才有的骯髒景況。

「窗戶是居民的名片。」一無所有的於是把錢花用在自己的居家清潔上——那筆錢是進步的政府為了民眾清潔所撥下來的款項。不難想見，他們貧苦的生活景象令人厭惡，因而破壞了大眾的觀感。如今，身為經過清潔整頓後的「相對貧窮階層」，他們的生活變得如此抽象，凌駕所有想像，以至於人們也忘了它。關於貧苦，有的是感官的描述，然而貧窮，只淪為一種象徵。

而關於貧苦的感官描述，它的目的也只在於激起身體的噁心感。是的，他們以享受其中的方法描述，來**製造**噁心，那噁心感沒有轉化成行動的欲望，卻令人想起自己還在吃屎的肛門期。

譬如，在幾戶家庭中曾經發生過這樣的事——家中唯一的臉盆，在夜裡被充當尿壺，於是隔天又在裡面揉麵團。當然事先會以滾水清洗臉盆，所以其實也沒什麼大不了，但光是**描述**那過程，就也夠令人噁心的：「他們的生活所需、吃喝拉撒，全都在同一盆。」——「噁啊！」比起親自目睹這些被指稱之物，詞語更能傳達這種被動且自滿的噁心感。（當我以文學的方式描寫晨袍上的蛋黃污漬，我的回憶往往會隨之顫抖。）因此，在描述貧苦時總令我心裡產生不快，因為那乾淨卻亙古不變的可憐的貧窮，根本無可書寫。

「貧窮」這個詞總是讓我想起「從前從前……」，這多半出自於那些終於擺脫它的人們，它是童年的詞彙。不是「從前我很窮」，而是「我是貧窮人家的孩子」（莫里斯·雪佛萊語）[20]，一個多麼可愛好笑的回憶信號。然而，在想起我母親的生活條件時，我卻無法以逗趣的方式回憶。打從一開始她就飽受脅迫，一切只為了能維持體面。在鄉下學校裡，尤其是對女孩子而言，功課「寫得工整體面」是最重要的。在後來的人生裡，這種形式延伸成為女人的義務；維繫家庭的團結，讓家有家的樣子。這不是令人愉快的貧窮，僅是不失體面的貧苦；每天都要為了維護自己的顏面做出新的努力，於是臉上逐漸沒了靈魂。

也許在不顧體面的貧苦之中，你會過得舒適些，這樣便可以獲

20 出自莫里斯·雪佛萊（Maurice Chevalier, 1888-1972），法國演員、歌手。

得最低限度的無產階級自信。但是在那一帶並沒有無產階級，連個卑下的人都沒有，頂多是住在救濟院裡衣衫襤褸的人；沒有人顯得放肆；一敗塗地的人只會無地自容，貧窮則是真實的羞辱。

始終都不太獨立的母親，被這永恆的脅迫貶低著。有一次，她象徵性地說，她再也不屬於這個**土著圈**了，**他們連個白人都沒見過**。她逐漸有能力去想像不必終生只做家事的生活。只要搖搖小指頭、給她一點最輕微的提示，她的思考就能邁向正軌。

假如我有，假如我是，假如我會。

然而真實發生的是——

一齣以人類為道具的自然劇場，有系統地剝奪了人性尊嚴。一次又一次地去哥哥那邊懺悔，求他別將患了酒癮的丈夫解雇；偷聽廣播被逮之後，乞求檢查的人別告發他們家持有未登記的收音機；聲明自己身為女性國民，也有資格申請住屋建設貸款；在政府機關之間奔波，只為了證明自己迫切需要救助；每年都得新辦貧困證明，給那時已經念大學的兒子用；申請病假津貼、子女津貼、減免教會稅——這些大部分需要仁慈的估量。至於法定的權益，則得不斷提出明確的證明，讓自己獲得最終的許可！並滿懷感謝地收下這份恩典的證明。

家中沒有電器，一切都靠手做。上個世紀的物品，已在大家的意識中昇華成回憶的象徵——手磨咖啡豆的機器已變成討喜的玩具，不只這個，還有**寬大穩當**的洗衣板，**舒適**的火爐，使用到凹凸不平的的**可愛**鍋子，**危險**的火鉗，**大而無當**的柵欄車，**充滿野心**的鋤草大鐮，被外表粗野但心地不壞的磨刀師傅在這些年磨得**發亮**的刀，縫紉用保護手指的**邪惡**頂針箍，**愚蠢**的縫紉用菇形木托，以及一再被放到爐台上加熱，作為消遣的**笨重**熨斗。最後還有一樣**好東西**，那就是操作必須手腳並用的「勝家牌」縫紉機。只有細數這些，才有家的親切。

另一種細數的方法較富有田園色彩——背痛。在高溫洗衣時燙傷，隨後又在曬衣時凍得雙手發紅——那凍壞的衣物在摺衣服時發出啪嗒的聲響！有時彎下腰之後站起來，鼻血就這麼流了出來；女人們心裡只想著趕快把所有事情做完，結果卻忘了裙子後面有血印，就這麼出門去購物。對於小痛小癢無止境地長吁短嘆，大家對此寬容，畢竟她只是個女人家。女人群聚時，沒人問「妳好嗎」，而是問「好點沒」。

大家心裡都明白，證明不了什麼的。想著事情一體兩面的好處與壞處，同時也將可靠的證據一點一滴消解，這是生活最糟糕的原則。

「所有的事情都有一體兩面，好處與壞處。」這麼一想，不切實際的事情便可以勝任了，壞處也就這麼顛倒過來，成了好處的必要特色。

好處基本上只是缺乏壞處罷了——**沒有**噪音，**沒有**責任，**不用**為外人工作，**不用**每天離家，離開孩子。實際的壞處於是透過**缺少**而消解了。

所以一切並不真的那麼糟糕；在睡夢中，可以簡單搞定。只是一切看不見終點。

今天就是昨天，昨天就是一切如昔。一天又完了，一個星期又過了，美好的新的一年。明天可以吃什麼？郵差來過了嗎？你整天在家做了什麼？

端菜、閒扯、收拾餐桌。「每個人都被照料了？」窗簾打開而後拉上，燈打亮而後熄滅。「拜託你們別讓浴室燈老是開著！」衣服摺起而後攤開，水瓶倒空而後填滿，插頭插上而後拔開。「這就是今天的日子。」

第一台電器——電熨斗，那是我們「夢想已久的」神奇寶物，但用的時候卻一臉尷尬，彷彿自己不配這樣的東西：「我憑什麼配得上它呢？不過從現在開始，我會非常高興地使用熨斗！也許這樣一來，我也可以有一點自己的時間？」

攪拌機、電爐、冰箱、洗衣機——越來越多的時間給自己了。但你只是飽受驚嚇地站在一旁呆望，面對長久以來被供奉為家神[21]的前世珍寶，你感到暈眩。之前連情緒感受都得精打細算、儘量儉省，頂多只會在失言時表達出來，接著立刻就想要掩飾。早年那種全身投入的生活熱情，如今偶爾才會顯現，靜默而沉重的手若是隱約羞怯地顫抖，便會馬上被另一隻手給遮蓋住。

然而我的母親卻沒有從此變得怯懦與虛假。她開始活出自尊。她不再需要勞心勞力，因而漸漸回歸自我。浮躁不安漸漸平息。她向人展示那張自己覺得還算舒服的臉龐。

她讀報紙，更愛讀書，因為她可以拿書中的故事來跟自己的

---

21 家神（Heinzelmännchen），德語地區傳說中身材如侏儒、助人做家事的小精靈，此傳說源自德國科隆。

人生經歷做比較。她跟著我讀，先讀法拉達[22]、克努特・漢森[23]、杜斯妥也夫斯基、高爾基[24]、然後是湯瑪斯・沃爾夫[25]與威廉・福克納[26]。對於這些作品，她不表達任何高見，只是複述令她深刻印象的段落。「我可不是這樣」，有時她這麼說，彷彿當時那位作家親自描寫了**她**。她把每一本書當成自己人生狀態來讀，顯得生氣勃勃。她在閱讀之中首度坦露自我；她學會談論**自我**；每讀一本書，她就更能夠想這方面的事情。因此我逐漸知道了一些有關她的事。

此前的她一直很緊繃，活出自己這件事，往往令她不自在。但如今她著迷於閱讀與談話，嶄新的自信又回到了她的身上。「我再次變得年輕了。」

當然，她讀這些書，只把它們當成過去的故事，從不會當成遙遠的夢想；她在書中找到所有錯過的、再也無法彌補的事。她過早地將自己的未來從腦海中剃除。因此，現在第二春對她而言，其實只是給過去曾經參與的所作所為添上一道光彩。

文學並沒有教她從現在起為自己著想，卻為她描寫出這麼做為時已晚的情境。她**本可以**是個誰的。現在的她，頂多**也**為自己著想一**回**，偶爾在購物時允許自己到酒館喝杯咖啡，對此別人有什麼意見，她不再**多**管。

她對丈夫變得寬厚，讓他把話說完，而不是在第一句話就用力

22 法拉達（Hans Fallada, 1893-1947），德國作家。
23 克努特・漢森（Knut Hamsun, 1859-1952），挪威作家。
24 高爾基（Maxim Gorki, 1868-1936），前蘇聯作家。
25 湯瑪斯・沃爾夫（Thomas Wolfe, 1900-1938），美國作家。
26 威廉・福克納（William Faulkner, 1897-1962），美國作家。

點頭打斷他，讓他再也沒法接話。她同情他，卻因為自己的同情而感到無能為力，就算他一點都不苦；她也許只是想像他周圍的某樣東西，比方說，一只瓷漆脫落的洗衣盆，一個被老是溢出的牛奶弄黑的小小電爐，對她而言，這些代表著自己挺過的絕望。

若家裡少了一人，她就會想著他身陷孤寂的景象。若是她不在，他只會孤獨到底。寒冷、飢餓、敵對——對此她要負責。連她所蔑視的丈夫也一起被納進她的罪惡感中，如果他沒有了她，他得自己生活，她就會認真地擔憂起他來；甚至在醫院時也是如此。她常去那裡，有一回她疑似罹癌，良心不安地躺在那裡，因為這時丈夫在家八成只能吃冷飯。

正因為她對所有離開她的人感到同情，她從不感到寂寞。只有當他又成了她的負擔時，她的腦中才會閃過一抹蒼涼。面對鬆垮的褲襠、站不穩的膝蓋，厭惡感不可抑止。「要是有個人可以仰望就好了。」無論如何，如果對某人必須一直蔑視，這樣下去也不是辦法。這股嫌惡年復一年地轉化，從一開始明顯的手勢變成耐心端坐，再轉化為忙碌之中禮貌地抬眼一望，然而這些卻使得丈夫更加頹喪。她總是叫他**軟腿的**。他常犯下同一個錯誤，那就是問她為何受不了他，當然她每次都回答：「你怎麼會這樣想呢？」他不肯放手，又問她說，他真的那麼令人討厭嗎，她安撫他，之後對他更加憎惡。他們白頭偕老，這並不令她感動，不過他戒掉毆打她的習慣，也不再與她敵對，從表面看來這點總算是令人安慰。

他在工作上操勞過度，每天被嚴厲苛求做一樣的苦工，這些工作終究徒勞一場，他變得體弱多病、謹小慎微。在打盹醒來之後，他成為真正的孤獨者，但也僅有在他缺席的時候，她才能感知，並且回應真正的孤獨。

他們並沒有彼此疏遠，因為他們從來沒有真的在一起。她在信中寫過一句話：「我丈夫變安靜了。」和他一起生活，她也變得更加安靜，她充滿自信地這麼想——對他來說，她是終生無法參透的謎。

如今她也對政治感興趣了，她不再選哥哥所屬的黨派，丈夫身為她哥哥所聘用的公務員，一直以來都替她預選了這個黨，現在她卻選了社會黨；隨著時間過去，她丈夫也選了社會黨，因為他需要依賴她。不過，她從不相信政治會對她個人有什麼幫助。她去投票，當做善事，打從一開始就這樣，而且不求回報。「社會黨比較關注勞工。」但她自己並不覺得自己是名女工。

必須操持的家務越少，她就想得越多，她想的那些事情，在她所習得的社會主義體制當中不曾有過。性方面的厭惡被驅趕到夢中，被霧氣浸溼的床單，頭頂上低矮的天花板，她始終是一個人。真正與她相關的不在政治。當然這麼想是錯誤的——但錯在哪裡呢？哪個政治人物給她解釋過這些？又是用什麼話來解釋的呢？

政治人物生活在另一個世界。大家找他們說話的時候，他們不回答，卻發表看法。「反正大多數的事情不能談。」只有可以商議的才是政治話題；其他的事情大家必須自己搞定，或是找自己的上帝商量。一旦有個政治人物真的關心起誰，那個人也會因此被嚇退。不過是作戲一場罷了。

漸漸地，「大家」不見了，剩下「她」。

她習慣在外面做出尊嚴的表情，坐在我買給她的二手車副駕駛座時，她帶著嚴厲的眼神往前看。在家的時候，她打噴嚏時不再大聲吆喝，笑聲也不那麼吵了。

（葬禮上，最小的兒子回憶，他曾在家裡聽見樓上遠處傳來她尖聲大笑。）

購物時，她更多地向左右兩旁的人隱約致意，她更頻繁地上理髮院，請人給自己修指甲。那種尊貴不再是戰後貧苦時遭人侮辱而預先裝出來的尊貴——再也沒有人可以像從前那樣，一個眼神就使她慌亂。

光是在家裡，她以嶄新的挺拔之姿坐在桌旁，丈夫背對著她，背後的襯衫從褲腰露出來，雙手插在口袋底部，一語不發，只是偶爾悶聲咳幾下，往下面的山谷望去。小兒子在廚房一角，整張臉紅通通地在沙發上凝神看米老鼠雜誌，這時，她會兇惡地用手指關節敲敲桌緣，然後突然用雙手捧著他的臉頰。接著，丈夫有時也會走出去，在家門口清嗓子，好一陣子才又進門來。她斜坐在那裡，垂著頭，直到兒子想來一片塗了什麼的麵包。這時，她得起身靠雙手幫忙。

另一個兒子無照駕駛把車撞壞，結果被關了。他跟父親一樣酗酒，她又在一間一間的酒館裡找人。這個不肖子！她每次說的都一樣，他把這些當作耳邊風，說什麼都沒有用，她拿他辦法。「你丟不丟臉？」——「我知道。」他說——「你好歹自己去外面找房子。」——「我知道。」他一直住家裡，在那裡複製丈夫的各種行為，還弄壞了第二輛車。她把他的旅行包扔到屋外，他出國去，她幻想著他發生最糟糕的事，寫信給他的時候她署名「你悲傷的母親」，而他馬上就回來了。如此一再重演。她覺得一切都是她的錯。她把事情看得很嚴重。

然後總是那些一樣的東西，總是在一樣的地方等著她。她試著不那麼整潔，可是她的雙手就是不聽使喚。她多想就這樣撒手人寰，卻又怕死。此外，她也太好奇。「我總是必須堅強，其實我寧可軟弱。」

她沒有業餘愛好，沒有嗜好。她不收集東西，也不跟人交換什麼。她不玩填字遊戲了。她早已不再把照片貼進相簿，而是把它們撕下來。

她從不參與公眾生活，但一年去捐血一次，並將捐血徽章別在大衣上。有一天，她成為第十萬名捐血者，上了廣播節目，並且獲贈一籃禮物。

有時她打保齡球，在新的自動保齡球道上。如果保齡球全倒、鈴聲響起，她會抿著嘴呵呵笑。

有一回，東柏林的親戚在廣播音樂會上點歌，用韓德爾[27]的《哈雷路亞》問候他們一家人。

她害怕冬天，每到大家齊聚一堂的時候。沒人拜訪她。每當她聽見什麼動靜想抬頭看看，只會看見丈夫在那裡：「啊，原來是你。」

她開始頭痛欲裂。藥丸都被吐了出來，栓劑很快也沒效果了。她的頭嗡嗡響，她只能用指尖輕觸。醫生每週為她打針，那可以使她麻醉一段時間。後來打針也沒效果了。醫生說她應該給頭部

27　韓德爾（Georg Friedrich Händel, 1685-1759），德國巴洛克時期作曲家。

保暖，於是她成天包著頭巾四處走。不管吃了什麼安眠藥，她通常半夜就會醒來，然後把枕頭放在臉上。直到天色終於轉亮，那幾個鐘頭讓她整天都昏昏沉沉。因為疼痛，她心神不寧。

這段時間，丈夫因為肺結核而住進療養院；他寫溫柔的情書，請求能夠與她同寢。她友善地回應。

醫生不知道她的問題在哪裡；常見的婦女病？還是更年期？

她在意識矇矓之際亂抓東西，雙手從上身滑下。洗過碗後的午後，她會躺在廚房邊的沙發上一會兒，因為臥室實在太冷。有時頭疼得厲害，害她誰也認不得。她不想再看見任何東西。由於她的頭嗡嗡響，所以大家也必須非常大聲地對她說話。她喪失了所有的身體感受，她會撞到桌緣，會從樓梯上跌下來。她一笑就會痛，所以有時只讓臉部微微顫動。醫生說可能是某根神經被壓迫的緣故。她只能小聲說話，非常可憐，連發出一聲哀鳴都沒辦法。她把頭斜向肩膀，疼痛卻如影隨形。「我不是人了。」

去年夏天我去找她，發現她躺在床上，一臉絕望，而我不敢再往前靠近。就像動物園裡躺著一片墮入凡塵的肉身蒼涼。看著她不顧顏面地把裡子都翻出來，多麼不堪；她體無完膚、殘破不堪，五臟六腑顛倒纏繞。她從遠處看著我，眼神彷彿在說，我就是她那**受盡折磨的心**。好比卡夫卡小說中的卡爾．羅斯曼之於飽受屈辱的司爐[28]，我又氣又怕，馬上離開了房間。

28 卡爾．羅斯曼（Karl Rossmann）是卡夫卡短篇小說《司爐》（*Der Heizer*, 1913）中的主角；「司爐」為輪船上燒鍋爐的工人。此篇曾獨立發表，後成為長篇小說《失蹤者》（*Der Verschollene*, 1927）的第一章。

這時候起，我才真正感受到母親的存在。此前我老是忘記她，頂多在想及她生命中的蠢事時，心頭會微微刺痛。現在，她的肉體真切地在我面前，活生生的血肉之軀，她的狀態如此清晰可感，以至於我在某些時刻也徹底地感同身受著。

就連附近的人家，看她的眼神也突然變得不一樣了——彷彿她生來就註定要向他們展示自己的生活。雖然他們也會問為什麼、怎麼會這樣，卻只是表面工夫罷了；他們不用問也明白的。

她變得無感，什麼都記不得，甚至再也認不出平常的家用電器了。小兒子放學回家，愈來愈常看見桌上的紙條，上面寫著她去散步了；他得自己準備麵包，或是去鄰居家吃飯。這些從帳本撕下來的紙條，在抽屜裡堆積如山。

她沒法再扮演家庭主婦了。她抱著破敗的身軀在家裡醒來。她讓所有東西掉到地上，也希望自己跟著每樣東西墜落。

家中的門擋住了她的路。她走經屋牆，壁癌就紛紛落下。

當她看電視時，卻什麼也看不懂。她時不時揮揮手，以免自己睡著了。

散步的時候，她有時出神。她坐在森林邊緣，盡可能遠離屋舍，或坐在廢棄鋸木廠下方的小溪旁。看著農田或溪水雖然不會減輕疼痛，但至少有時可以使她麻痺。

她再也分不清眼前的景象與身體的感受，目光所及，皆成痛楚，她只得趕緊望向別處，但下一個景象又是另一場痛楚。在這混亂之際出現幾處盪鞦韆的寂寥之地，才能使她暫且獲得安寧。在這種時刻，她只是疲憊，她在暈眩之中感到恢復，什麼也不想地沉入水中。

然後，再一次的，她內在的一切又與世界產生衝突；她也許會慌張跺腳，卻再也無法克制，就這樣從安靜的狀態中崩潰。她得站起來繼續走。

她告訴我，恐懼如何在她走路的時候勒住她的脖子，所以她只能很慢很慢地走。

她走著走著，直到身體不堪負荷，不得不坐下來。但很快地她又起身，繼續走下去。

她常常這樣虛擲光陰，沒注意到天色已暗。她有夜盲症，難以找到回家的路。在家門口，她站著不動，坐在一張長椅上，不敢進門。

若她還是進來了，她會很慢很慢地打開門，母親瞪著一雙大眼睛站在那裡，活像個鬼。

不過，即便是在白天，她大多也只是亂走，搞錯大門與方向。她常常無法解釋自己是怎麼去到某處，時間又是如何流逝的。她完全失去了時間感與方向感。

她再也不願見到任何人，頂多到酒館，坐在從觀光巴士湧出來的人群中，這些人太匆忙，沒空看她一眼。她再也無法偽裝了，她攤開四肢。每個看見她的人，一定都知道發生了什麼事。

她怕自己會發瘋。快，在還不太遲的時刻，她寫了幾封告別信。

這些信寫得如此急迫，彷彿她試著把自己也刻進紙中。在這個階段，她不再和他人一樣，把書寫看作是一種外務了。它反倒成為一種如呼吸一般、不受意志所控制的行為。人們無法再與她說話；

每個字都令她想起一些可怕的回憶，使她馬上失去理智。「我沒法說話。別折磨我了。」她迴避，再迴避，繼續迴避，直到整個人完全倒向一邊。然後她不得不把眼睛閉上，別過頭去，寂靜的眼淚沒用地流了下來。

她去省城看精神科醫生。在他面前她能說話，身為醫生，他得對她負責。她很驚訝自己居然對他說了這麼多。說話的時候，她開始仔細回想。無論她說什麼，醫生都點頭，馬上將各種細節認定為病徵，冠上一個名字——「精神崩潰」——並且以此作為體系的歸類。他知道她有什麼病；他至少可以給她的狀態命名。她不是唯一的；接待室裡還有幾個人在等。

下一回，她就會觀察這些人，並以此為樂趣。醫生建議她，要多在空氣新鮮的地方散步。他給她開一種舒緩頭部壓力的藥，告訴她旅行可以分散她的注意力。她每次都付現金，因為勞工保險沒有支付這方面的開銷。她為自己那麼花錢而感到沮喪。

有時她會絕望地尋找某樣東西的名字。基本上她是知道的，卻仍想藉此喚起別人的參與。她渴望回到那短暫的時光，那時候的她，再也認不得任何人，也不再記得任何事。

她向人炫耀自己生過病，假裝自己還是病人。她一副神智不清的樣子，好擺脫自己的清醒；因為一旦神智清醒，她就又會認為自己是個特例，而不理會那些安慰人用的病理歸類。她用誇張的健忘與分心讓自己被鼓勵，如此一來，只要她記憶清晰，或對一切理解精確時，人們就會說——妳可以的呀！這樣好多了！——彷彿一切的恐怖都來自她恨自己失憶，再也無法參與談話。

她也開不起玩笑。拿她的狀況揶揄她是幫不了她的。**她字字計較，信以為真**。如果有人在她面前故意擺出比她更開心的姿態，她就會哭出來。

盛夏的時候，她去南斯拉夫待四個星期。起初，她只是坐在黯淡無光的旅館房間，時時檢查自己的頭部。她什麼也讀不下去，因為自己的思緒馬上會來干擾。她不斷走進浴室裡洗澡。

然後，她敢出門了，她在海邊稍微涉水。那是她第一次度假，也是第一次到海邊。她喜歡海，夜裡常有狂風，但她也不介意這樣醒著躺在床上。她買了一頂遮陽草帽，啟程當天又把它賣回店家。每天下午，她坐在酒吧裡喝一杯濃縮咖啡。她給所有認識的人寫信寫卡片，但只順道提及自己。

她對時光流逝與周遭環境又有了感覺。她會好奇地偷聽隔壁桌的談話，試著弄清楚當中的人物關係。

傍晚時分，天氣不那麼熱時，她就會在附近的村莊遊走，往那些無門的房舍裡望去。她真切地感到驚奇，因為她從未見過如此塵世人間的貧苦。她的頭不疼了。她什麼也不再想，時而完全脫離塵世。她感到愜意且無聊。

回到家後，長久以來都要靠別人問話才肯開口的她，終於又能主動交談了。她說得很多。她同意我陪她散步。我們常到餐館吃飯，她逐漸有了飯前喝一杯金巴利酒[29]的習慣。搔頭僅只是一種習

29　金巴利酒（Campari），起源於義大利的一種開胃酒，使用草藥與水果釀製，味道苦甜、顏色鮮紅。

癖。她想起一年前在一家咖啡廳，甚至有個男人跟她攀談。「他可是非常有禮貌！」明年夏天，她想去不太熱的北邊。

她發懶，跟老姊妹們一起坐在花園裡，抽菸，搧走咖啡上的黃蜂。

天氣晴朗溫和。周圍丘陵地的杉樹林，鎮日雲霧繚繞，一時間也不那麼暗了。為了過冬，她熬煮蔬果，一邊思考從育幼院收養孩子的事。

我已經很習慣過自己的生活了。八月中我回去德國，讓她自己過日子。接下來的幾個月，我在寫一個故事，她偶爾捎來消息。

「我的腦袋有點亂，有些日子很難受。」

「這裡很冷，環境惡劣，早上的霧久久不散。我睡得很久，就算我爬下床，也沒興趣開始做什麼事。領養孩子的事，目前毫無進展。因為我丈夫有肺結核，所以一個孩子也不能領養。」

「每次想到開心的事情，就會馬上被澆熄，我只有一個人守著那些癱瘓的想法。我多想寫些歡樂的事，但根本沒有這樣的事。我丈夫在這裡待五天，我們之間無話可說。我要跟他聊的時候，他聽不懂我的意思，然後我就乾脆什麼都不說了。奇怪的是，我還是很期待他來。但等他來了，我又沒法看他一眼。我知道我得找到一個模式，讓自己能夠忍受這種狀態，我也在努力想辦法，但就是想不到更聰明的辦法。最好是你讀了這些垃圾，之後很快就忘光。」

「我受不了待在家裡，所以就在附近亂跑。現在我比平常早起；那是對我來說最艱難的時刻，但我必須逼自己做點事情，不要再回到床上。我現在不知道該拿什麼度日。我心裡有股強烈的孤獨感，不想跟任何人說話。晚上我常常想喝一杯，但我不能喝，因為這樣藥效就沒了。昨天我去克拉根福，整天閒坐、亂晃，到了晚上，幸好還趕上最後一班公車。」

十月份，她不再寫信了。那些美好的秋日，人們在街上見到她，她步履非常緩慢地前行，人們鼓勵她稍微走快一些。她拜託每個認識的人，到酒館用喝杯咖啡的時間陪伴她。她也一直被邀請去參加週日郊遊，不管帶她去哪裡，她都開心。她跟其他人一起參加這年最後幾天的教會市集。有時她甚至還去看球賽。人們激動地看球，她則從容地坐於其中，嘴巴幾乎緊閉。不過，當聯邦總理的選戰之旅來到了本地，發送康乃馨時，她就會莽撞地突然往前擠，跟別人一樣也要求拿一朵康乃馨：「您不發給我嗎？」「抱歉，尊敬的夫人！」

十一月初，她又寫信來。「我沒法把事情連貫地想到最後，我的頭會痛，有時候會嗡嗡響、嗚嗚叫，使我沒辦法忍受更多額外的噪音。」

「我跟自己說話，因為再也沒有人可以讓我說上幾句話了。有時我覺得自己像一部機器。我也想去別的地方走走，可是一旦天色昏暗，我就會害怕自己再也找不到回家的路。早晨一片濃霧，而後萬籟俱寂。每天我都做一樣的工作，到了清晨就又一片混亂。簡直是永無止境的惡性循環。我真的很想死，走在街上的時候，我希望有一輛汽車疾駛而過，要是自己就這樣死了算了。但是，這樣真的百分之百會成功嗎？」

「昨天我在電視上看了杜斯妥也夫斯基的《溫順的女性》[30]，整夜我都看見令人毛骨悚然的東西，那不是夢，我真的看見了，兩個男人赤身裸體在那裡走來走去，性器官底下掛著腸子。我丈夫十二月一日會回來。我一天比一天不安。我不明白這樣下去我要怎麼和他一起生活。我們都各自望著不同的角落，孤獨感只會越發強烈。我覺得好冷，我再出去跑一跑。」

她時常把自己關在家裡。如果人們一如往常地在她面前哀嘆，她就會嚴詞厲色，讓對方閉嘴。她對所有人都非常嚴厲，示意拒絕、簡短嘲笑。但打擾她的多半都只是孩子，而她頂多為他們感到抱歉。

她很容易心煩。她暴躁地斥責別人，讓別人在她面前感到自己是個偽君子。

照相時，她沒辦法再做表情了。雖然她會皺眉，用臉頰堆起微笑，但她眼睛裡的瞳孔卻偏離了虹膜的中央，以無可救藥的悲傷望著前方。

存在也變成了折磨。

但她也畏懼死亡。

「請您到森林裡散步！」（**精神科**醫生說）

「可是森林裡一片黑暗！」當地的獸醫在她死後嘲諷地說，有時母親很信任他。

30 《溫順的女性》（*A Gentle Creature*, 1876），俄國作家杜斯妥也夫斯基（Fjodor Michailowitsch Dostojewski, 1821-1881）於一八七六年出版的短篇小說。一九六九年法國電影導演布列松（Robert Bresson, 1901-1999）曾改編成同名電影。

從早到晚都霧濛濛的。中午她想試試自己能否把燈關上，但很快又把燈打開。往哪裡看好呢？她讓手臂交叉，兩隻手扶在肩上。偶爾聽見電鋸的聲響，還有雞啼。那隻公雞肯定以為一天才剛開始，於是直到下午都還在啼叫。接著是笛聲——宣告著下班時刻來臨。

夜裡，霧氣滾滾撲向玻璃窗。她聽見露水從玻璃外側流進下方窗櫺的聲音，每滴露水形成的時間並不固定。整個夜晚，床單下的電毯都維持供暖。

清晨的爐子總是熄火。「我再也克制不住了。」她無法再閉上眼睛。她的意識裡正發生著一件**大事**。（法蘭茲．格里帕策[31]）

（現在起我必須注意，不能讓故事太自顧自地講起來。）

她寫遺書給所有親戚。她不僅知道自己在做什麼，還知道為什麼別無選擇。「你不會懂的。」她這麼寫給她丈夫。「但繼續活著是不可能的。」她寄給我一封掛號信，附上遺囑副本，外加快遞。「有幾次我開始提筆書寫，卻感受不到安慰，得不到幫助。」每封信都不只像平常那樣標註日期，而且還加上了星期幾：「一九七一年十一月十八日，**星期四**。」

隔天，她搭巴士去地方首府，用家醫開給她的長期處方，籌措了大約一百顆的安眠藥。雖然沒有下雨，她還是給自己買了一把紅色雨傘，傘杖些微彎曲，很是漂亮。

31 法蘭茲·格里帕策（Franz Grillparzer, 1791-1872），奧地利劇作家、詩人。

傍晚，她搭乘巴士回家，一如往常，這時候的巴士多半是空的。還是有幾個人看見她。她回到家，去隔壁女兒家吃晚餐。一切跟平常一樣：「我們還有說有笑。」

在她自己家裡，她跟小兒子一起坐在電視機前。他們一起看一部影集《父親與兒子》[32]。

她送孩子上床睡覺，然後繼續坐在流轉的電視機面前。前一天，她還去了理髮院，並修了指甲。她關上電視機，走進臥房，將一套兩件式的棕色洋裝掛在衣櫃裡。她吃下所有的安眠藥，裡面混著所有抗憂鬱的藥。她穿上鋪好紙尿褲的生理褲，外加兩條褲子，用一條頭巾將下巴束緊，電毯也不開了，就穿著一套長至腳踝的睡衣到床上去。她伸展四肢，然後將雙手疊在一起。她在信裡交代身後事的處理，最後說，她很平靜、很幸福，終於能夠安詳地走了。

但我很確定，那不是真的。

隔天晚上，收到她的死訊之後，我飛往奧地利。機上乘客稀稀落落，飛行平穩安靜，空氣清澈、沒有一點霧，遙遠的下方則有城市變換、燈光點點。我讀報紙、喝啤酒、看窗外，漸漸地，我全然進入一種疲憊的、不屬於我個人的通體舒暢。對，我不斷想著，並且默默小心翼翼地複述這想法——**就這樣**。**就這樣**。**就這樣**。**很好**。**很好**。**很好**。整趟飛行，我都因她的自殺而感到驕傲，乃至忘我。接著飛機開始降落，點點的燈光越來越亮。我在失了骨頭、了

32 《父親與兒子》（*Wenn der Vater mit dem Sohne*, 1971），德奧電視臺合製的電視影集，共十三集。

無肉身的狂喜中消解，無法自拔，然後穿行在寂寥的機場大樓中。

翌日早晨，我繼續轉乘火車，途中聽見一個女人說話，她是維也納少年合唱團的聲樂老師。她跟她的同伴說，合唱團的少年就算長大成人，還是那麼不獨立。她有個兒子也是團員。在一次南美巡迴演出中，他是唯一覺得零用錢夠花的人，甚至還剩下一些錢帶回家。至少他有望成為理性之人。我無法不聽她說話。

有人開車到火車站接我。夜裡下過雪，現在萬里無雲、陽光燦爛。天氣很冷，空氣中飄著閃亮的霜。多麼矛盾！生氣勃勃的文明的景致，在天氣的輝映之下，彷彿屬於永恆不變的深藍宇宙，根本難以想像接下來的強烈反差——汽車駛向死者之家，而屍體也許已經腐爛了。直到抵達的那一刻，我依然看不出任何預兆與端倪，於是在毫無準備的情況下，我在冷冰冰的臥室裡見到了死去的身軀。

住在附近的許多婦女並肩坐在成排的椅子上，她們喝著人們遞過去的酒。我感受到她們見到死者之後，漸漸地開始想到自己。

葬禮那天早晨，我單獨與屍體長時間共處一室。突然間，我感到自己彷彿是在執行普遍的守靈習俗。我感覺到那具死去的軀體是多麼地寂寥、多麼需要愛。但隨即我就又覺得無聊，開始看錶。我打算在她身邊至少待一個小時。她眼睛底下的皮膚都起皺了，臉上幾處留有聖水灑過的滴痕。藥丸的作用使她的肚子微微鼓脹。我拿她胸前的雙手與遠方的一個定點做比較，想看看她是否真沒了呼吸。上唇與鼻子之間的皺紋全沒了。那張臉變得男性化。有時，若我久久地觀察她，我就會不知道自己該想些什麼。這時候我就會無聊至極，站在屍體旁邊，只剩下心不在焉。不過，一小時過去，我卻不想出去了，而是留在房裡陪她更久。

接著她被拍照。從哪個角度看她更漂亮呢？「死者的美麗角度。」

千篇一律的葬禮儀式使她的個性消失殆盡，也讓大家感到寬心。大雪紛飛之際，我們在遺體後面走著。在宗教的儀式當中，只須使用一個稱謂即可：「我們的姊妹……」大衣被沾上燭蠟，之後再熨平它。

雪下得好大，讓人無法適應，我不斷望著天空，想知道雪勢能否變小。蠟燭輪番熄滅，也不再被點燃了。我突然想起以前常在書報上讀到，有人參加完葬禮，後來得了致命的病。

墓園的圍牆後面緊接著一片森林。是杉樹林，生長在一片相當陡峭的山坡上。樹木如此繁茂，因而第二排的樹木只能看見上面的樹梢，然後是綿延不盡的樹梢。雪花飄落、陣陣疾風，樹木卻屹立不搖。人們迅速離開墳墓，而我的目光則從那裡轉移到屹立不搖的樹——我第一次感受到大自然真是如此無情。原來這是事實！森林擺在眼前，無數的樹梢不證自明；此前混亂的人群作為插曲，漸漸地消失在畫面裡。我覺得自己被嘲笑，感到非常無助。而那在無以為繼的憤怒中我突然有種欲望，我想書寫關於我母親的一些事。

後來我在晚間走上屋子的樓梯，忽然一次跨越好幾階，同時用一種陌生的聲音發出孩子般的哧哧笑，就像腹語術那般。最後幾階我用跑的。在上面，我放縱地用拳頭捶胸、擁抱自己。然後像某個擁有獨特祕密的人，充滿自信、慢慢地走下樓。

若說寫作對我有幫助，其實並不對。在我忙著寫這故事的幾週，它從沒讓我停止思索。寫作並不像我打從一開始相信的那樣，是對人生某段已經結束的回憶，而是以句子為形式，對記憶展開一場持續的大驚小怪，而句子還宣稱自己保持了距離。有時我依然會在夜裡會猛然驚醒，彷彿我的體內有什麼把我輕輕一推，從夢裡推出來，我體驗到自己如何因恐懼而屏住呼吸，身體則一秒一秒地腐爛。黑暗中的空氣凝止了，我感到萬物失去重心、四處飄散。它們無聲地在四周進行無重力的飄移，彷彿隨時就要墜落，從任何一個方向使我窒息。在這恐懼的浪潮之中，變得像腐爛的牲畜一樣，具有某種吸引力；與那可以隨心所欲表達、漠然的心滿意足不同，那糾纏且逼近著的，是那份漠然、客體的驚駭。

當然，描述純粹是一種回憶的過程；它無法為下一次的回憶驅趕走什麼，只是讓人在恐懼的狀態中，能試著盡可能地以貼切的文字表達，從中獲得一些樂趣，並從驚恐之中製造出回憶的幸福。

白天，我常覺得自己被觀察著。我開門查看。每個聲響都被我當成是一種襲擊。

著手書寫這個故事時，我有時也會厭惡自己的真誠與坦率，接著便渴望能快點再寫些可以稍微說謊或偽裝自己的東西，譬如一齣劇作。

有一次，我在切麵包時，刀子滑落了，這時我便馬上想起她在早晨是如何為孩子們切小麵包塊到牛奶中。

她時常順便用自己的唾液給孩子們快速清潔鼻孔與耳朵。我老是突然往後退，唾液的味道令我不舒服。

有一回，我們和一群人去登山，她想到一旁小解。我為她而感到羞恥，嚎啕大哭，於是她只好忍住。

在醫院裡，她總是跟許多人一起躺在大廳。對，還有這樣的集中診療！有一次，她握住我的手，久久不放。

當所有人都被照料，也都吃飽了，她就會賣俏地將剩下的食物塞進嘴裡。

（當然，這些都是軼事。但若用做學問的語言推演這樣的脈絡，同樣會落入軼事裡。所有的表達都太溫和了。）

餐具櫃裡的蛋奶酒！

每天動手做事的時候，特別是在廚房，有關她的痛苦回憶就會湧上心頭。

她震怒時不打小孩，卻是頂多用力捏他們的鼻子。

夜裡醒來的時候會畏懼死亡，因而走廊的燈亮著。

幾年前我曾經計畫跟全家人一起拍一部冒險片，內容與他們個人完全無關。

小時候的她時常夢遊。

起初每個**星期**，到了她死去的那日，我就可以鮮明地感受到她的死亡之痛。每個星期五，痛苦出現在黃昏時分、夜幕降臨之際。夜霧中昏黃的街燈，骯髒的雪與下水道的臭氣，坐在沙發上看電視時交叉的手臂，最後一次沖馬桶，沖了兩回。

我在著手書寫這個故事時，常想若寫成音樂應該可以更貼近那些事件。甜蜜的新英格蘭[33]……

「也許還有新的，不可預知的絕望，而我們並不知道。」偵探影集《警探》[34]中的一名鄉村教師這麼說。

33 「甜蜜的新英格蘭……」（Sweet New England…）為美國流行音樂歌手保羅・賽蒙（Paul Simon, 1941-）於一九七二年發行的同名專輯中的歌詞。

34 《警探》（*Der Kommissar*, 1968-1975），德國電視影集。

附近所有的點唱機都有一張印有〈**厭世波爾卡**〉[35]這首歌名的唱片。

此刻春臨大地，打字機後面很遠的地方，是泥水窪、和煦的風，以及不再有雪覆蓋的樹。

「她將她的祕密一起帶進了墳墓！」

我做過一個夢，夢裡的她有第二張臉，那張臉卻也非常滄桑。

她一臉慈祥。

然後又是一些非常開心的事——我夢見自己看見的事物，舉目望去，都帶來難以忍受的痛楚。突然有人走過來，從這些東西取下痛苦的部分，就像取下一張**過期的布告**。而這個譬喻也是夢見的。

夏天我曾去過外祖父的房間，我從窗戶看出去。窗外沒太多東西可看——一條路沿著上坡穿越整座村莊，通往一幢漆成暗黃色的

35 〈厭世波爾卡〉（*Weltverdruss-Polka*, 1969）為奧地利民謠樂團「核仁樹」（Die Kern-Baum）的歌曲。

建築（「美泉宮」）[36]，然後轉彎。那宮殿曾經是座客棧。那是一個**週日午後**，路上**空無一人**。突然間，我為住在房間裡的人感受到一種苦澀，覺得他很快就會死去。但是我知道，他的死會是非常自然的那種，這時苦澀的感受才減輕了。

恐懼是某種符合自然法則的東西——它是意識中的「恐懼」[37]。想像才剛要成形，卻突然發覺——再也沒有東西可以想像了。接著它會墜落，就像一個卡通人物，發覺自己一直以來都在空中行走著那樣。

之後我會更詳盡地書寫這一切。

——寫於一九七二年一、二月間

36 美泉宮（Schloss Schönbrunn），位於奧地利維也納西南部的巴洛克宮殿，一九四五年被盟軍轟炸，戰後奧地利被占領時期，未被炸毀的部分曾是英國占領軍的總司令部。

37 此指拉丁文的「恐懼」（horror vacui）。

彼得・漢德克 年表

一九四二年

十二月六日出生於奧地利的小鎮格里芬。其生父埃里希・舍內曼（Erich Schönemann）為德國人，在銀行任職，從軍後與漢德克母親相識，但當時舍內曼已婚，這段戀情終究未果，漢德克直至成年後才與生父相認。母親瑪麗亞（Maria）為斯洛維尼亞人，在漢德克出生前嫁給了國防軍士兵布魯諾・漢德克（Bruno Handke）。

一九四四——四八年

全家人住在蘇聯占領的東柏林區——潘科。母親瑪麗亞在此又生下兩個孩子，不久一家人搬回了漢德克的故鄉格里芬。期間父親開始酗酒。

一九五四年

漢德克在坦岑貝格城堡（Tanzenberg Castle）上天主主教寄宿學校，於校刊發表了第一篇文章。

一九五九年

移居克拉根福（Klagenfurt）就讀高中。

一九六一年

於格拉茨大學攻讀法律，並為前衛文學雜誌《手稿》（*Manuskripte*）撰稿。

一九六三年

完成第一部長篇小說《大黃蜂》（*Die Hornissen*），並於一九六六年出版。

一九六五年

漢德克放棄大學學業。

一九六六年

在美國參加「47團」（Gruppe 47）於普林斯頓的文學會議。同年，發表《冒犯觀眾》（*Publikumsbeschimpfung*），引發矚目與爭議。

一九六七年

發表第二部劇作《卡斯帕》（*Kaspar*），並與演員莉普嘉特・史瓦茲（Libgart Schwarz）結婚。

一九六九年

成為作家出版社（Verlag der Autoren）的聯合創始人之一。以嶄新的方式經營，帶動新劇院的發展，成為劇本與廣播劇之間的重要協調角色，同時出版、代理多種作品。同年，女兒阿米娜（Amina）出生。

一九七〇年

出版《守門員的焦慮》（*Die Angst des Tormanns beim Elfmeter*）。

一九七一年

母親瑪麗亞．漢德克自殺。

一九七二年

首次與文．溫德斯合作，將《守門員的焦慮》改編成同名電影，兩人成為好友。同年，出版小說《夢外之悲》

（*Wunschloses Ungluck*）。

一九七三年

三十一歲時榮獲德語最重要的文學獎——格奧爾格・畢希納獎。同年與他人共同創辦奧地利作家協會（Grazer Autorenversammlung），一九七七年成為會員。

一九七五年

出版小說《真情時刻》（Die Stunde der wahren Empfindung）。

與文・溫德斯合作的電影《歧路》（*Falsche Bewegung*）上映。

一九七六年

出版小說《左撇子的女人》（*Die linkshändige Frau*）。

一九七八年

由漢德克執導的《左撇子的女人》電影上映，入圍坎城最佳影片。

一九七九年

出版小說《緩慢的歸鄉》（*Langsame Heimkehr*）。

一九八三年

出版小說《痛苦的中國人》（*Der Chinese des Schmerzes*）。

一九八六年

出版小說《去往第九王國》（*Die Wiederholung*）。

一九八七年

獲得威尼斯國際文學獎（Vilenica International Literary Prize）。

同年與文·溫德斯合作的電影《欲望之翼》（*Der Himmel über Berlin*）上映，漢德克參與了該片劇本創作。

一九九一年

定居法國沙維爾。

一九九二年

發表劇作《我們彼此一無所知的時刻》（*Die Stunde, da wir nichts voneinander wußten*）。漢德克執導的電影《缺席》（*The Absence*）上映，此部電影改編自他的中篇小說，並於第四十九屆威尼斯國際電影節播映。同年，與演員蘇菲・瑟敏所生的女兒萊卡迪（Léocadie）出生。

一九九四年

與莉普嘉特・史瓦茲離婚。出版小說《我在無人區的一年》（*Mein Jahr in der Niemandsbucht. Ein Märchen aus den neuen Zeiten*）。

一九九五年

與演員蘇菲・瑟敏（Sophie Semin）結婚。

一九九六年

漢德克造訪塞爾維亞的遊記《河流之旅：塞爾維亞的正義》（*Eine winterliche Reise zu denFlüssenDonau*）出版，其中將塞爾維亞在戰爭中的角色定位為受害者，引發爭議與撻伐，但漢德克也指控西方媒體曲解了戰爭的前因與後果。

一九九七年

出版小說《在漆黑的夜晚，我離開了我安靜的房子》（*In einer dunklen Nacht ging ich aus meinem stillen Haus*）。

一九九八年

與文・溫德斯合作的電影《天使之城》（*City of Angels*）上映。

一九九九年

春天，北大西洋公約組織轟炸南斯拉夫前首都貝爾勒格，為抗議此事，漢德克將畢希納獎所獲得的獎金全數退回。

二〇〇二年

榮獲美國文學獎（America Award in Literature），該獎為美國頒給國際作家的終身成就獎項。

二〇〇四年

諾貝爾文學獎獲獎者耶利內克（Elfriede Jelinek），盛讚漢德克為「活著的經典」。

二〇〇六年

因參加前塞爾維亞總統斯洛波丹．米洛塞維奇的葬禮而再度遭到撻伐。同年，原預定頒發給漢德克的海涅獎（Heinrich Heine

Prize），遭漢德克拒絕，該年獲獎人因而從缺。

二〇〇八年

獲得巴伐利亞美術學院文學獎。（二〇一〇年後與托瑪斯・曼獎合併）

二〇〇九年

榮獲卡夫卡獎。

二〇一一年

出版小說《大秋天》（*Der Grosse Fall*）。

二〇一二年

獲頒米爾海姆（Mülheimer）戲劇獎。

二〇一三年

漢德克接受塞爾維亞總統所頒發的勳章。

二〇一四年

獲國際易卜生獎。同年，漢德克呼籲 廢除諾貝爾文學獎，並戲稱其「馬戲團」。

二〇一六年

與文・溫德斯合作的電影《阿蘭胡埃斯的美好日子》（*Les Beaux Jours d'Aranjuez*）上映。同年，漢德克紀錄片《彼得漢德克：我在森林，晚一點到》（*Peter Handke: In the Woods, Might Be Late*）上映。

二〇一七年

出版小說《水果賊》（*Die Obstdiebin oder Einfache Fahrt ins Landesinnere*）。

二〇一八年

獲得奧地利的雀巢劇院終身成就獎（Nestroy Theatre Prize）。

二〇一九年

獲頒第一百一十二屆諾貝爾文學獎。

二〇二〇年

出版最新作品《第二把劍》（*Das zweite Schwert*）。獲頒塞爾維亞卡拉奧雷星勳章（Order of Kara or e's Star）。

木馬文學141

夢外之悲
Wunschloses Unglück

作者	彼得・漢德克
譯者	彤雅立
社長	陳蕙慧
副總編輯	戴偉傑
責任編輯	鄭琬融
行銷企劃	陳雅雯、尹子麟、洪啟軒
排版	宸遠彩藝有限公司

讀書共和國出版集團社長	郭重興
發行人兼出版總監	曾大福
印務	黃禮賢、李孟儒
出版	木馬文化事業股份有限公司
發行	遠足文化事業股份有限公司
地址	231 新北市新店區民權路 108-2 號 9 樓
電話	(02)2218-1417
傳真	(02)2218-0727
Email	service@bookrep.com.tw
郵撥帳號	19588272 木馬文化事業股份有限公司
客服專線	0800-221-029
法律顧問	華洋國際專利商標事務所　蘇文生律師
印刷	前進彩藝有限公司

初版一刷	2020 年 9 月
定價	350 元

ISBN：978-986-359-798-8

國家圖書館出版品預行編目

夢外之悲 : 諾貝爾獎得主彼得 . 漢德克小說 / 彼得 . 漢德克 (Peter Handke) 著 ; 彤雅立譯 . -- 初版 . -- 新北市 : 木馬文化出版 : 遠足文化發行 , 2020.09
面 ;　公分. -- (木馬文學 ; 141)
譯自 : Wunschloses Ungluck

ISBN 978-986-359-798-8(精裝)

882.257　　109005924